塵芥《ごみ》仙《せん》人《にん》

瀧 祐二
TAKI YUJI

幻冬舎 MC

塵芥仙人

装画：LEE DAIN

もくじ

塵芥仙人

古《いにしえ》より、人の生き死にの周りでは、時として思いも寄らぬ不思議な出来事が起こり得るものである。しかし、誰一人としてそれに気付く者もなく、細波《さざなみ》一つ立たずして、漠然と行き過ぎてしまうことは意外に多い。

どこにでもいるであろう、ごく普通の小市民、土田有三《つちだゆうぞう》。彼の身に降り掛かった災いも、その不思議な出来事の一つであったのかもしれない。

さて、有三は、齢《よわい》五十九。東京に隣接する某市で行政を行う一公務員であった。真面目を絵に描いたような性格で、持ち前の実直さも加わってか市民への誠実な対応ぶりは、部局内外からも高い評価を得ていた。開発事業部の課長にまでなっていたが、定年を一年後に控えた現在、残念なことに、それ以上には、どうも昇れそうにはなかった。

ところで、彼が毎日使う片道十五キロの車での通勤路の途中には、今でも郊外の趣を残す林道があり、そこを抜けると急に視界が開けて、周りには荒れるに任せた雑草だらけの休耕地が現れる。

そこでは、近年までお隣の東京へ向けて、茄子や胡瓜、冬には白菜などを拵《こしら》えて出荷していたに違いない。しかし、近頃は、農労に携わろうなどとの殊勝な心根を持った後継者は現れないらしく、数年も放置されたままとなり、春夏秋冬、一年を通しておのれの存在を主張してやまぬ雑草どもの占領地と化していた。

さらにその一角には、これ見よがしに煤煙を撒き散らし、近隣住民に健康被害への不安を煽らんとするかの巨大煙突を備えたゴミ処理場が建っていたのだ。場内には、そこここから集められたと思われる廃棄物が堆《うずたか》く積まれ、黒煙となって空中へと飛散していく我が身の運命を静かに待っていた。そこはまさに、景観をも一層損ねて余りある、醜悪さ以外の何ものでもない存在だった。

さて、そこの番人はというと、とても奇怪な姿をしていた。頭の頂を中心に周りへと禿広がり、わずかに残された銀髪の縮れ毛が、両耳の脇から後頭部にかけて弧を描くように連なり、風が吹く度に、たなびいて見えた。顔や体は、真夏の照りつく太陽に炙られたかのような赤銅色。真っ赤に充血した眼の中央で、暗黒の瞳がやけにギラギラと光っていた。誰が付けたか定かではないが、巷では、この御仁《ごじん》をいつしか塵芥仙人《ごみせんにん》と渾名《あだな》で呼ぶようになっていた。

葉月も後半に入ったのにもかかわらず、蒸し暑さが一向に収まらぬ十七日の夕暮れだった。一台の青い軽自動車が、この怪しい建屋の前に停まった。暦では、とうに立秋を過ぎたはずだったが、まだまだ厳しい日差しに閉口しつつ、汗を拭いながら降りてきたのは、小さな車体にはまるで似つかわしくない大柄な男、土田有三であった。

顔を構うのも忘れたのか、無精髭に覆われた彼のご面相は、苦悩で歪み、憔悴し切った体のあちこちから、絶望の臭いが漂っている。今、まさに、すべての気力を振り絞り、やっとの思いでここに辿り着いたとの感であった。

ところで、有三は、じき還暦との声が囁《ささや》かれし頃より、めっきり物忘れが激しくなっていて、本人もそれを密かに気に掛けていた。少しでも緊張を緩めようものなら、数時間前に部下から受けた報告の要が抜け落ちたりして、現在、彼が中心となって市が推し進めている駅前開発の進行に多少の迷惑を掛けることが度々生じた。以来必ずメモ帳を携帯し、要件を書き留めるよう肝に銘じてはいたものの、ふと油断をすると、それすらどこかに置き忘れて探し回るといったあり様である。

ある夕食の折、妻を前にして、

「俺も、そろそろボケが始まったようだ」

そう言って今まで一度も口に出したこともない仕事場での失敗談の一端を示したことがあった。すると彼女は優しく微笑んで、

「そのようなことは誰にだってあることですよ。まだまだ、おボケになるような歳ではありません」

と、事もなげに答えていたものの、内心は、家でも思い当たる節があったのだろうか、心配を隠す素振りを見せていた。そして、目敏《めざと》い有三がそれを見逃すはずはなかった。

役所には、地域はもちろん、外部の様々な機関や個人から膨大な情報が集まってくる。そのほとんどは、外に漏らしてはならないものであり、中には官民を問わず機関機密に関するものもある。当然それらを保管する責任と義務が生ずる。もし、誤って

漏洩しようものなら、行政組織の道義的、法律的責任が問われ、刑事責任ともなったら、膨大な賠償と、それ相応の処罰を受けることになる。したがって近年は、これら公共機関での情報管理システムなるものは、特に徹底を強いられていたのだ。

彼の役所では、各部局が収集した情報は、一旦、中央の管理システム内に一括して保存をし、必要に応じて随時、そこから取り出す方式を取っていた。しかしながら、役所での多くの業務において、正規の時間内で仕事が片付くことは、一部の業種を除いては稀であり、やり残しは、自宅に持ち帰って秘密裏に仕上げるということが多かった。

皮肉にも、有三のように、管理職の立場にある者には、課の所属職員に対して、情報管理に関わる遵守事項の徹底を図るべく、日々、指示、指導をしなければならない責任があった。しかしながら、有三を含め、陰では多少なりとも融通を利かせるところがなければ立ち行かなかったのである。ただし、この裏手段を敢行するにあたっては、万一の場合に備えて、個人が情報を収めるＵＳＢはハードロックキーなる機能を有するものを利用するなど、他人が覗くことができない工夫を凝らしていた。しかし、これもよくよく考えてみれば、その現物を丸ごと紛失してしまったなら元も子もない話なのである。

恐ろしいことに、有三の場合、何と脳天気なことであろうか、入庁以来この方、相も変わらず無防備極まりない保存ツールに情報を詰め込んでは、持ち歩いていたのである。

葉月も三週目を迎えた十五日、盆休みを取って帰郷する職員は多かった。幾分殺風景となった開発事業部では、有三が、次年度の春から着工予定となっている新設駅前開発での公式企画書の成案を確認していた。市の成長戦略の一大事業として十年前から計画され、官民両者の期待を一身に集めて今日に至っている。十月の議会を前にして、九月の運営委員会で最終成案までの承認が下りなければ、議案の提出に間に合わず着工が一年以上も遅れることになる。

定年を前にして、自分に与えられた最後の花道を飾るためには、何としてもミスなく案を完成させたかった。それには細部にわたってもう一度、丁寧にチェックを入れる必要があったのだ。

しかしこの日、彼には普段より早目に帰宅をしなければならない理由があった。それは今日が三十年も連れ添った妻の誕生日だということだ。そのため、吟味未終了の箇所は、家に持ち帰り仕上げるしかなかった。

折しも、朝から容赦なく照り付けた灼熱の太陽は、辺りの湿り気を悉《ことごと》く吸い上げていき、地上に立つあらゆる物からその影を奪い尽くしてしまうかのような暗黒なる大魔神を呼び寄せたのだ。

上空は一挙に暗転してしまった。有三が、定時の三十分前に帰宅の途に就こうと目論んだ矢先の出来事であった。横殴りの大粒の雹《ひょう》が庁舎の窓をけたたましく打ち据えた。すぐにも強風雨に見舞われる。そう予想して彼は席を立ち、部屋の窓を閉めた。数分も待てば雨足が弱まることぐらいは承知していたものの、すぐに退庁しなければ、約束の夕膳には間に合わなくなってしまうことを気に掛けていた。

五分ほど齷齪《あくせく》して、定時の二十五分前に役所を出た彼は、早速、行きつけの酒屋に直行した。店の中に入り真っ先に向かったのは、ワインコーナーだった。人気商品が立ち並ぶ一番手前の棚から、奥方好みの甘口シャンパンを手に取った。思いの籠もる酒瓶を抱えて店を出た時分には、雨はすっかり小降りとなっていて、大魔神の背後からは、少しばかりの明るみさえも見えてきた。

彼の自宅には、カーポートはない。五十メートルほども離れた月極駐車場からは、足を頼りにするしかなかった。ところで、彼の住まいがある地域一帯の建蔽率《けんぺい》は高く、少しでも居住面積を広げようと欲を起こす住民らは、こぞって私有地一杯に家屋を建てていた。となれば当然、家と家との間隔は窮屈となり、夕餉《げ》時ともなれば、臭覚を頼りに隣家の惣菜を言い当てることさえできるほどであった。

この日も狭い路地を縫うように、食欲をそそる香りがどこぞの家から漏れ伝わってくるのを知覚できた。そしてそれが、我が家に近付くにつれ、よりはっきりとしてきたのだった。高鳴る胸のときめきをグッと堪え、高揚した面持ちのまま、玄関のドアを開けると、鶏肉でも焼いているのであろうか、何とも芳ばしい香りが迫りきて、心地良いままに彼の鼻孔を擽《くすぐ》ったのだ。果たして、今夕、薫香の発生源は、有三の家に他ならなかったのだ。

待ち構えていたかのように、二人の娘が奥にあるキッチンから飛び出してきた。長女は既に会社勤めをしており、五歳違いの次女は、まだ大学に通っていて、ひどく甘えん坊であった。簡単な挨拶を済ますと、次女は、彼の鞄を持ちながら寄り添うようにして書斎まで付き合った。二人は早々に台所に戻ると、腕によりを掛けご馳走を拵える妻を手伝った。しばらくすると台所と繋がったダイニングルームの中央に置かれた丸テーブルの上には、大皿料理が幾つも並び、その中央には、メインディッシュである若鶏の丸焼きが、薫り高い青煙を立ち上らせて最大級の存在を誇っている。この家では、家族の誕生日は外には出ずに、家でゆっくりと祝うのが習わしであった。その度に、一番苦労するのは、自分が主役であろうがなかろうが、母親に他ならない。しかし、そんな苦労を厭わぬ価値があると、彼女は心から思っていたのだ。

皆が席に着くや「お誕生日おめでとう」との唱和と共に、彼の買ってきたシャンパンが祝砲を放った。娘二人は申し合わせていて、母親が前々から欲しがっていたというまことに涼しげな日傘を、そして有三は鼻先を向ければ桃の香でも迷い出そうなピンクに煌めく真珠の指輪をプレゼントした。まさに幸せを絵に描いたようなこの状況に、有三は酔いしれた。

その晩は随分と酒が進んだらしい。ここのところの疲れも加わっていたのだろう。いつ寝床に入ったかもはっきり覚えていなかった。彼が目を覚ましたのは東雲時《しののめどき》。東の空が薄っすらと白み始めたばかり。妻はまだ、彼の傍らで幸せそうな笑みを浮かべて寝入っていた。

彼は、昨晩、就寝前にするはずであったやり残しの仕事を思い出すと、それを片付けるため、そそくさと書斎に行き、おもむろに鞄を開いた。次の瞬間、総身の血が一気に引いてしまうほどの聳動《しょうどう》に襲われたのである。確かに持ち帰ったはずのUSBが鞄中のどこにも見当たらない。中にある幾つかのポケットを弄《まさぐ》ってみてもおのれの指先には探し物の感触は伝わってはこなかった。彼は、非常に狼狽した。慌て逸《はや》る気持ちを抑えようと、一度大きく息を吸って、ゆっくりと吐き出してみた。すると、少しだけ冷静さが戻ったような気がしたのだが……。

（もしかして、自分は、入れたつもりになっているだけで、実際は仕事場の机上に置き忘れてきたのかもしれない。近頃は、家にいても同じような物忘れを度々起こすし）

ひとまず、そのように自分に言い聞かせて落ち着きを取り戻そうとしてみた。しかし、真相が分からぬ不安からか、どうしても、急いた気持ちが収まらず、普段より二時間も早く家を出て、仕事場に飛び込んだ。事務を執っている自分の机を皮切りに、昨日の行動範囲内を舐めるように当たってみたのだが、残念なことに失せ物は見つからなかった。

ＵＳＢの中には、次年度からスタート予定の新設駅前開発、その計画成案が入っていた。駅前地区振興計画実施要綱に基づき、土地の買収計画、担当業者選考結果及び代表者名簿、行政担当者名簿、その他諸々の機密情報、個人情報等がぎっしり詰まっていたのだ。

この公式企画書案は、早くとも九月中に市の企画部運営委員会の承認を得て、十月の議会で決定をみることになっていた。したがって、有三の直属の上司はもちろんのこと、他部局の管理職も、この計画の進行日程を十分に把握するものであり、何の妨げもなく事が運ぶように、気遣いを見せるところであったのだ。

遅くとも八月の末までには、担当者である有三から、各関係部局へ成案及び会議日程を提示しなければ、不測の事態が生じているのではと疑われても仕方がない。八月が後半に差し掛かったこの期に及んで、全体日程の先延ばしは考えられない。

有三は天を仰いだ。まさに進退窮まれり、しかし、この事業の責任者としては、狼狽《うろた》える素振りなど、到底見せられるものではない。何とか平静を装ってはみたものの、内心に潜む動揺は到底隠しおおせるものでなく、肩が落ち、項垂《うなだ》れて、伏し目がちな青白い表情、いかにも落胆して暗く沈みこんだその様相は、出勤して来た課内の女子職員の気付くところとなってしまった。


真面目で実直な有三のことを行政マンの鏡として敬い慕っている明子《あきこ》は、いち早く彼の異変に気付き、気遣いを見せた。同課で仲良しの優菜《ゆな》と二人で彼を昼食に連れ出したのだ。

お盆のこの時期でも、庁舎の五階にある食堂だけは、どういう訳か満席に近かった。明子は、周りを見回すや、目敏く、三～四席空いているテーブルを見付け出し、有三と優菜をそこへ誘導した。優しい二人の女子職員は、入れ替わり立ち替わり彼に話し掛け、自分たちの話の輪に引き入れようと努めたのだが、彼の心ここにあらず、といった具合で、二人の会話に乗ってきてはくれなかった。とうとう二人は、匙を投げてしまい、話題は自分たちが好むゴシップ話に傾いていった。

お盆のこの時期ともなると、巷では不思議と怪談話に花が咲く。二人の女子職員も例外ではなかったようで、奇怪な話で盛り上がり始めていた。

一方、当の有三は、自らの出処進退のことで頭の中が一杯である。正夢と思しき幾つもの画像が浮かんでは消えていく。その暗澹《あんたん》たる場面の一巡を繰り返す。まず、おのれが機密情報の持ち出しの禁を犯す。そして紛失。結果、それに伴う情報の漏洩。これによって、個人の責任ばかりか行政機関の責任が重く伸し掛かり、テレビ他種々のマスコミの前で謝罪会見。涙を見せて陳謝する自分。これらすべてが鮮明であった。

このような胸中にあって、どうして、彼女たちの四方山話《よもやまばなし》なんぞに付いていくことができようか。ところが、人間の知覚とは何とも不思議なものであり、近くで発生した音源の振動は、自覚もないままに、空気を伝って耳孔内へと侵入し、奥に張り詰めた鼓膜を揺らす。そうして、最終的に聴神経の感知するところとなる。傍で、弾む二人の会話も然りであった。明子は、その大きな瞳を輝かせて、眼前の同僚に話し掛けていた。

「優菜、あなたが好むような話があるの、聞いてくれる？　私が卒業した城北高校の友人でね、ミス城北にも選ばれて、その後有名なファッションモデルになった沙織《さおり》という子がいるの。ほらよくテレビに出てくる、あの小日向《こひなた》沙織よ。それ本名よ、知っているでしょう。週刊誌の表紙にもよく載るしね。そしたら、今なに？　彼女ったら大手スーパー・ウオコーの社長夫人なんかにちゃっかり収まっちゃって。美人って本当に得よね。

それでね、旦那から結婚記念日に贈られたプレゼントが半端じゃないの。『パール・マスター』とかいう時計なんだけれど、私、彼女からそう言われてもピンと来なかったので、インターネットで調べてみたら、超びっくり。ロレックスの至宝と謳われる時計でね。それがこれよ」

明子は、友人の顔色を窺いつつ、関心の深まりが濃くなっていくのを確認すると、さらに目を輝かせて、その時計が紹介されているスマホの画像を彼女の前に差し出した。それを見た優菜は驚きやら羨望やらが複雑に入り混じった表情を浮かべると、一言入れた。

「ローマ数字の上でキラキラと瞬いているのはすべてがダイヤモンドなんでしょ、明子。これって何で時計じゃなければいけないのかしらね？　こんなに贅沢な時計を誰が作ったのかしら、そしてどのような人が身に付けるのかしらね。こんな豪華な物が実際この世に存在するなんて。そうそう、思い出したわ。この時計、ある女性誌に紹介されていた。見たことがある。確か値段が表示されていなかった。多分、高級車以上のお値段なんじゃないかと」

予想以上の優菜の反応に満足を得た明子は、さらに核心に迫った。

「そうよ、その時計よ。ところが沙織ったら信じられないことに、こんなに大事な物を、旅行先で落としてしまったというの。何でも上場企業の社長夫人で作る特別なサークルがあって、そこが企画する恒例の箱根一泊旅行にそれを付けて行ったわけ。彼女のことだから、物欲を満たすことにご執心なお仲間に見せびらかしたかったに違いないわ。何につけても一流を誇る質《たち》だから。かといって自分が出た大学は、決して自慢できるようなところではないくせにね。とにかく、彼女は、自分が当代随一の美女であると思い込んでいたし、一般の人の手には届かない高価な〝もの〟を身に付けて、上流階級と称され、それを自認するような人たちとお付き合いすることを至上の喜びとしていた。そして、それが何よりも自分の生き方に相応しいと信じていたから……」

明子の表情には少しばかりの苦々しさが籠もっているようであった。それでも優菜は、黙って続きを聞いていた。

「だから、あれほどの時計を腕に巻いて、お仲間の注目を一身に集めようとしたのだわ。彼女にとって、自分に注がれる羨望の眼差しは、堪《こた》えられないほどの快感であったに違いないし。そして、いい気になって、高級ワインなんぞを飲み過ごし、酔い潰れてしまったのね。いつ、どこで、どのようにしてその大切なお宝が腕から抜け落ちてしまったのか、全く覚えていないと言うの」

「えっ、そんなに大切なお宝を本当に落としてしまったの？　信じられない。仮に私がいくら自慢しいだったとしても、お友達同士の旅行なんかに、あのような高価な時計、絶対にはめてはいかない。それをひけらかしたいならよく似た紛い物でごまかすけどね」

明子はここで彼女を遮った。

「確かに私たちだったらそんな物、していくはずないわよね。でも周りの人たちの階層を考えると、日頃から高級品に囲まれて生活している方々ばかりよ。本物か偽物かを見抜く目はとても鋭い。イミテーションという発想は彼女には湧いてこなかったんじゃない」

納得したかのように優菜は頷《うなず》き、感想を示した。

「そうね。ところで紛失の件だけれど、彼女たちのレベルだと、いろいろな意味でリスクの高い盗みをするほうが割に合わないから、誰かの妬みを買って隠されたケースかもね。また単純に落としたということで人に拾われたとしても、一見して値打ちがある物と分かるはずだから、到底、素直に申し出てくるとは考え辛い。きっと猫糞《ねこばば》されたに決まっているわ」

「それはどうかしらね。世界中で遺失物の返戻《へんれい》率が高いといわれるこの日本であれば、正直に届け出るような殊勝な人だっているかもしれないわよ」

「でも明子。その時計は、結局見つからなかったんじゃないの？」

「ところがそうではなかったの。この失せ物、初めのうちは確かに見つからず、沙織ったら、ほとほと困り果ててしまって、私に相談を持ち掛けてきたわ。丁度ゴールデンウィーク明けの月曜日だった。きっと、市役所に勤めている私だったら、豊富な情報を持っていると思ったんじゃない？　私は、『警察に届けるのが一番よ』って言ってやったんだけどね。『これだけの代物だから当然保険には入っているんでしょ』と尋ねると、急に涙声に変わって『確かに入ってはいるのだけれど、手続きをしているうちに大ごとになり、主人の耳に入ってしまうから、何とか秘密裏に見つけ出したいの』

と泣きつくのよ。このことで夫婦間の信頼が揺らごうものならば、愛情にもひびが入る。それを一番恐れていたのね」

「沙織さんて少し驕ったところがあるようで鼻につくけれど、夫婦間にひびが入るのは、可哀相ね」

優菜の同情した眼差しを見て、明子は続けた。

「ただ、万に一つ、落とし物として出てくる可能性だってある。だから宿の支配人だけには次第を告げ、くれぐれも口外せぬようお願いをしておいたというのよ。すると、旅行から帰った日曜日の晩に、夫が、追い打ちを掛けるように、こう言ったそうよ。『国会の会期が終わる六月の末に合わせ、今年も催される政府と経財界のレセプションに、夫婦揃って招待を受けた。ついては、スーパー業界トップの沽券をかけ、さりげなく自分があげたロレックスを付けてきてもらいたい』と。そもそも、今年の誕生日プレゼントの裏には、そのような思惑があったというわけよ。沙織ったら、保険手続きを申請して公にでもなったら夫の知るところとなってしまうし、夜も眠れないほど、悩んでいた。私も相談を受けた以上は放っておくことはできないし、かといってこれといった妙案も浮かばず、ほとほと困り果てていた。と、そんな矢先に……」

明子の目の前で、ランチの鰺フライをつまもうとした優菜の箸が止まり、彼女が身を乗り出してきた。

「そんな矢先に何があったの？」

明子は自分の根にある悪戯《いたずら》心が働いて、喰らい付いてきた友人をあえて焦らすかのように、もったいぶったものの言いようになって、

「そう、確か庁内で誰かが噂をしていなかったっけ？　私もだいぶ前に、住民課の京子から聞いたんだけれどね。あなたも小耳に挟んだことないの？　〝ゴミ仙人〟の話。私、それを思い出したのよ」

「え～っ。今、確かゴミ仙人って言った？　知ってる、知ってる。以前に、そんな噂を聞いたことがある。思い出したわ。何でも、その御仁に頼むと、二～三日もしないうちに、失せ物が見つかるとかいう奇怪な話でしょう。信じ難い話だと思うけど」

「そうよね、私もね、噂はあくまで噂であって雑話の域を出るものじゃないし、初めは全く信じてはいなかった。それでも、今回の沙織の身に降り掛かったことの顛末を考えると、今ではまんざら嘘ではないような気がしているの……」

「え～、信じ難いけれど、明子がそこまで言うのには、何か根拠でもあるんじゃないの。だったら、その沙織さんとやらのお話の先を聞かせてちょうだい」

明子は、優菜の興味を十分に引き付けたことに満足すると、傍らにあった湯呑みの

お茶をゆっくりと飲み干して、事の顛末を語り始めたのである。

「順を追ってお話しするわね。実際、仙人と噂される御仁は、役所近くの休耕地、その一角にあるゴミ処理場で寝起きしているらしいのよ。万に一つの可能性があるかどうかも分からなかったけれど、沙織にその場所を紹介してあげたのよ。彼女ったら早速翌日に、世田谷の自宅からこの市まで出向いてきて、私が紹介した御仁に会いに行ったというわけ。その日の夕刻、お目当てのゴミ処理場に辿り着くと、堆く積まれた、とても臭くて汚らしいゴミ山の脇に、事務所らしきお粗末な小屋が建っているのを見つけたそうよ」

優菜は大きな目をいっそう輝かせて明子の話に聞き入った。以下が、明子が語った話の概要である。

事務所、それはどうも処理場に持ち込まれた廃材などを適当に組み合わせて作ったに違いなかった。その小屋の屋根に使われているトタンの波板は、錆びた鉄釘でやっと留まっている程度で、一部天井から剝がれているところは、少し強めの風が吹く度に、大きな口を開けたり閉じたりを繰り返し、あたかもここを訪ねてくる者に、話し掛けているような素振りであったらしい。沙織は勇気を奮い起こし、半ば朽ちかけて穴だらけになっている木の扉を叩いた。彼女の、力なくか細いノックの音は、瞬く間に周りのゴミ山に吸い込まれてしまった。それでも諦めずに何回か試しているうちに、やっと、思いが届いたのか、奥からゴソゴソと自分のほうに向かって誰かがやってくるような物音が聞こえた。すると、ゆっくりと扉が開いて、出てきたのは、何ともみすぼらしい形《なり》の老人だった。

毎日のきつい作業のせいであろうか、着ている物のあちこちに綻びが生じていて、茶色に変色したランニングシャツの下には、赤銅色に日焼けした老人の地肌が見え隠れしていた。そして、やけに大きな彼の目は人をも射抜く威光を放ち、彼女を凝視した。彼女は、人生を達観した者が持つ威厳のようなものを、この老人から感じ取ることができたので、大いに安堵した。そして、藁にでもすがる思いで、これまでの経緯を細かに説明したのである。

老人は彼女の話をすべて聞き終えると、しばらくの間、身動き一つせずに目を瞑ったまま熟考していた。それは時間にして数分であったかのかもしれないけれど、不安を抱えた彼女にしてみれば、気が遠くなるほどの長い沈黙に思えたに違いない。

ゆっくりと目蓋《まぶた》が開《あ》いた。そして、むくっと立ち上がり、おもむろに口を開《ひら》いた。

それは、彼女と交わす約束事であった。いささか信じ難い話ではあったがその時の彼女は、あまりにも自信に満ち溢れた老人の言葉や態度に圧倒され、疑いの念は、遠くに追いやられてしまっていた。むしろ恐ろしさに似た感覚を覚え、ここは、黙って従うしかないと覚悟を決めたのである。さて、それがどのような約定であったのか、中身までは詳しく分からぬが、とにかく片手で足りる日数のうちに、何とかすると断じたそうだ。

明子が、相談を受けてから丁度三日目、木曜日の晩。沙織からやけに明るく弾んだ声で連絡があった。電話の向こうで浮き浮きしている様子がはっきりと窺えた。

「明子、本当にありがとう。昨日の水曜日に、旅館から失せ物の時計が見つかったという連絡があったの、こんなに早く解決するとは思わなかったわ。ご心配を掛けてしまって本当にごめんなさい」と。

実情は、こうであった。

彼女たちが泊まったという箱根の老舗旅館のゴミは、地区の温泉協会が管理するゴミ収集所に、月と木の週二回、出されることになっている。彼女が落とした時計も、他のゴミに紛れて月曜日にそこへ運ばれていったらしい。あのように目立つものがなぜゴミと一緒になったのか？　優菜が言ったように、妬みを持った者の仕業ということもあり得るが……。

明くる火曜日、前日に宿から出た多量のゴミを、燃・不燃に分別していた作業員が、偶然にもその時計を見つけ出し、翌日、それを持ってわざわざ届けてくれたという。作業員の話では、その日は朝からやけにスズメが騒いでいて、それは多分縄張り争いか何かで、二羽の若い雄がけたたましい羽音と共に激しく突き合いながら、薄暗い焼却場に飛び込んできたらしい。まずもって、スズメのような野生の鳥が危険を顧みず仄暗い場所なんぞに侵入してくることなど、考えられない。しかも事もあろうに、追われた一羽が勢い余ってゴミ選別用の回転機のスイッチに体当たりをし、そのまま、激突死してしまったというのだから信じ難い。通常ではあり得ないことである。

すると大きなローラーは、軋むような不快な音を立てて止まった。彼が大量のゴミの中から、キラリと虹光を放つ小さな物体を見出したのは、その時だった。明らかに普通のガラスには見られない、四方八方にときめきを放つ輝きは、彼をして大いに動揺させるものであった。急いで、それをゴミの中から取り出してみると、自分がこれまでに見たこともない、深淵なる光沢に満ち溢れた時計だった。

彼は、大いに迷った。近隣の旅館から出される山のような大量のゴミを処理する苛酷な労務に携わって数十年、そこそこの生活はできているものの、贅沢とは全く無縁の暮らし振りであったから……。（この予期せぬ拾い物で奢ったこともしてみたい）。ふとそのような誘惑が頭を掠めていった。彼の迷いを断ち切ったのは、長年連れ添った妻の一言であった。

「あんたは顔も頭もいま一つかもしれないけれど、人様が二の足を踏む今の仕事に誇りを持って何十年も勤め上げてきた。もうそれだけで立派よ。誰からも例外なく感謝してもらえる仕事なんて、そうざらにあるもんじゃないし」

長年一緒にいれば、相手の粗ばかりが目に留まり、毒づき合う夫婦が世間の主流と思しき昨今、何十年も共に過ごした連れ合いから尊敬の念を抱かれる果報者など滅多にいるものではない。


そして、真面目で誠実な作業員は、次の水曜日、温泉組合に加盟するすべての旅館に連絡を入れたという。考えてみたら、分別を行う機械の起動スイッチに小鳥が衝突すること自体不思議極まりないのに、さらには、大量のゴミ山の中から小さな時計が放ったわずかな光を見出すことなんてあり得ない話である。だいたい、その日（火曜）の箱根はおおよそ曇りであって、午前中、少しだけ雲が切れた時間があったにはあったらしいのだが、そのような状況下で、場内に日が差し込んだ時刻と、回転機が止まり、それに驚いた作業員がゴミ山に注意を向け、その中で日光を見事に反射した失せ物の瞬きを受け止めた瞬間とが合致しなければ、永久に気付かれぬまま、やり過ごされてしまったわけである。その後、彼は正直にこの遺失物の連絡を旅館に入れることとなったのだ。

かくして丁寧に、事の顛末を説明し終えた明子は、最後に自分の思いを友人にぶつけた。

「このような偶然の積み重ね、万に一つだってあるかしらねえ？　私にはとても想像できない。不思議と言うより、何か不気味さを感じてしまうのよね」

優菜は、腑に落ちないところがあったらしく、質問を投げ掛けてきた。

「明子、この話、ここで一つ整理しておきたいのだけれど、いいかしら。沙織夫人の箱根一泊旅行は、確かゴールデンウィーク終盤の土・日を利用したのよね。そして明子に相談を持ち掛けたのが、帰宅して次の日の月曜日。夫人がゴミ仙人のところへお願いに行ったのは、火曜日の夕刻だったわよね。温泉組合の土・日に出たゴミは、月曜日に運ばれていって、分別作業は翌火曜の朝からだった。とするなら、夫人が仙人に相談を持ち掛けた日の夕刻は、もう既にスズメが飛び込んでから何時間も経っていたということになるんじゃない？」

「そうなるわね。だからかもしれないけれど、その後の沙織の話の中には仙人への感謝が窺える節はなかったような気がする。多分、相談をするまでもなく、結果は出ていたのだ、と彼女は思い込んだんじゃない。そこのところ、よく確かめたわけじゃないけれど」

「細かいことなんてどうでもいいけど、とにかく、沙織夫人の時計、見つかってよかったわね。どうせ私たち、上流階級の方々とのお付き合いもないし、目の飛び出るような高価な物を身に付けるチャンスにも恵まれないしね。これからもこのような心配事はないと思うけど」

優菜の発した言葉に二人は顔を見合わせてオーバーに笑った。

普段であれば、このような他愛もない茶飲み話など、気にも留めることすらなかったであろうに、今日の有三は明らかに違っていた。頼れる者さえいれば、たとえそれが地獄の番人であろうとも、すがりつきたい心境であったからだ。彼女たちの話題が途中で、失せ物の捜索であると気付き、何と聞き耳を立てていたのである。

昼食を済ませて、課に戻ると、すぐに明子を呼び出して、食堂で話をしていたスーパー・ウオコーの社長夫人の件について、とやかく質問を浴びせた。そして最後には、夫人の住所や電話番号を聞き出していた。夫人が現時点で失せ物捜索を依頼した老人のことを何と思っているかはどうでもいいことであって、とにかく、仙人と噂される老人にだけは一度会ってみたいという気持ちで一杯だったからである。

次の日、彼は休暇を取り、早速夫人宅へ出向いた。前もって明子より上司が訪ねていくことを告げられていた夫人は、有三をスムーズに迎え入れてくれた。

今をときめく日本一の大型スーパーとなった〝ウオコー〟の社長宅ともなれば、いかほどまでに絢爛たる造りかと思いきや、意外と質素な佇まいであった。憶測の域は出ぬが、この家の主は、豪華に外見を装うよりも、内実を重視する主義の者であるらしく、室内に置かれている家具や調度品の類も決して華美には至らず、実用性に富み機能的でしっかりとした品々ばかりであった。そう考えると、夫人に贈ったという例の誕生日プレゼントは、不思議なことに唯一の例外であったのだろうか。堅実主義であるこの家の主が、あのように奢侈《しゃし》極まりないプレゼントをした背景には、何やら大層な思惑があったに違いないのである。それを汲んでいたからこそ、夫人はこの度のレセプションに、その時計を腕に巻いて赴かなくてはならなかった。とんだおのれの不注意のために一時ごたごたはしたものの、結局、すんでのところで大事に至らずに済んだのであるから、運が良かったとしか言いようがない。有三はそんな運が心底欲しかった。

そして今、有三は失せ物を取り戻す大願が成就した張本人から、失態を演じた後、朗報が届くまでの経緯を聞き出すことで頭が一杯であった。それは、ゴミ仙人なる者の関与がどうであれ、奇跡が起こったその幸運に肖《あやか》りたい一心であったからかもしれない。

奇跡などというものは、自分の思ったようにやすやすと起こり得るものではない。しかし、そのようには承知していても、今は何かにすがらずにはいられない。最悪何も起こらなかったとしても、それはそれで仕方がないことである。そうなれば、素直に諦めればいいことだから。その時は、正直に事を公に晒して、裁きを受けるしかないだろう。有三はそのようないささか投げやりにも似た一種の潔さに支配されていた。

頑丈そうでゆったりとした革張りのソファーに腰を沈め、夫人と向き合った。彼女の見目形、それは噂通りの美しさであった。ところが、哀愁を帯びた青白い顔に、どことなく張りが見えない。ただ、有三が親友の働く職場の上司ということもあってか、終止、丁寧な応対で笑みを絶やすことはなかった。

夫人の語りを通して感じたことは、彼女は明子から教わったというゴミ処理場の老人の功績を最終的に認めてはいないということ。それは、優菜が疑問を呈したように、失せ物が見つかるまでの過程と、相談に行った時間との関係に納得がいっていないのが理由であるらしかった。しかし、当時、窮地に立たされ、絶望感に打ちひしがれていた夫人に、一条の安堵の光を差し与えたのは間違いない。多少の疑わしさを残すところではあったが、とにかく今は、現状の打開に向けて、どのようなことだってやってみる、そう自分に言い聞かせて、有三は社長宅を出た。そしてその足で、夫人が訪れたゴミ処理場へと向かったのだ。

食堂での明子と優菜の会話から予想はしていたものの、灯台下暗し、とはよく言ったもので、夫人が明子から教わったという場所は、やはり彼が役所に通う道すがら毎日眺めていた、あの異様な大煙突がそそり立つ怪しげな場所に相違なかった。

そういえば、道路から分け入った休耕地の一角で、ゴミの分別をしていた老人を何回か見掛けたことがあった。今まで気にも留めていなかったが、よくよく記憶を辿ってみれば、肌は赤銅色、頭の麓に白雲なる銀髪を残し、そこから頂点に掛けて大きく禿げ上がった、何とも不気味この上ない老人であった。そのように有三は思い返していた。

目的の場所に向けてハンドルを握っている間、有三は、心中で気に掛かっていたものが、ムクムクと頭をもたげ増幅していることに気が付き始めた。それは多分、沙織夫人の血色の悪さに起因するものではなかっただろうか。本来であれば、失せ物が無事に戻り、政財界のレセプションでも例のお宝を腕に巻き、スーパー業界ナンバーワンの勢いを、参集しているお歴々《れきれき》の前で十分にアピールできたであろう夫人としては、万全の達成感と充実感に満たされた表情をしていても、決しておかしくなかったはずなのに、会った時の顔といったら、まるで肺病病みのように血の気も気力も失せていたのだ。


八月十七日、日も西に傾きかけた頃、ゴミ処理場の前に青い軽自動車が停まった。そして中から一人の大柄な男が降り立った。この処理場の中央には、民間施設には相応しからぬ二メートルほどの径がある灰色の巨大煙突が聳《そび》え立ち、鼻を突く異臭を伴って暗黒色の粘っこい煙を立ち上らせていた。果たして役所からの正式な操業許可が下りているのかと疑いたくなるほどの大量の悪煙を辺り一面に振り撒いている。

この時刻、人影はなく、周りは異様に静まり返っていた。そして、ゴミ山の中にできた薄暗がりの洞窟のような箇所を分け入った所に、集まった廃材を使用したのであろう、何ともお粗末な小屋が一つ建っていた。それは、とても管理事務所などと呼ぶには憚《はばか》られる形《なり》であったが、大柄の男は、迷わずその事務所と思しき小屋に向かった。熱帯のような暑さに蒸されて、様々なゴミの臭いが入り混じって、吐き気を催すほどであった。

夫人が言っていた通り、朽ち欠けてボロボロになった木の扉が眼前に開《はだ》かったのである。ここが、ゴミ仙人の事務所に相違ない。有三は一度大きな拳を振り上げるも、粗末な扉の薄さを察し、踏みとどまって優しくそれを叩いた。二度、三度と繰り返してみたが、中からは何の返答もなかった。

丁度、五度を数えた時だった。やっと奥からえらく迷惑そうな声がして、出てきたのは、赤銅色に日焼けした顔と体、それに禿げ上がった頭頂部の周りを銀髪が雲海のように取り囲んだ妙な髪形をした、卒寿を迎えるくらいの老人であった。しかし、日頃から苛酷な労務によって鍛え上げられた筋肉、特に胸筋や上腕筋の如きは、有三のそれよりも遥かに盛り上がって見えた。さらに、眼球の深底から放たれしギラギラとした眼光は、とても鋭く不気味であった。

人が、この時分にここを訪ねて来る理由は一つ。老人は、黙って有三を奥にあるみすぼらしい古ぼけた椅子へと導いた。困惑した表情を隠すことができず切々と語る有三の話に、瞬き一つすることなく、聞き入っていた。

有三は、すべてを言葉にした。特に、失せたUSBがこのまま見つからなかったらば、今日までこつこつと築いてきた地位も名誉もすべて失ってしまう。特に、自分をひたすら信じて何十年も連れ添ってくれた妻、自分のことを尊敬の対象として慕い続けてくれた娘たちと、今後どのような面を下げて生活を共にしたらよいのか、途方に暮れてしまう。さらには、今日まで自分を支えてくれた職場の仲間も苦しませる。そして、自分はもちろん、所属機関全体が責任を取らされることを切々と訴えた。その間、老人は、何一つ問うこともなく、眉一つ動かさずに、ひたすら有三の話に耳を傾けていた。彼が一通り話し終えると、しばらく沈黙が続いた。

それから老人は、信じるにはあまりにも荒唐無稽な話を語り始めたのである。

「わしが、これから申すことを信じようが、信じまいが、それはどうでもよい。ただ、お主が奇跡を望むのであれば、わしとの約束を決して違えてはならぬぞ」

小屋には、この老人と有三の二人しかいないのは明らかであった。にもかかわらず、老人は、自分の周囲を一度大きく見回して、深く息を吸い込み、そしてゆっくりと吐き出した。

「実はな、わしは、過去に神通力とやらを授かったんじゃ」

老人は、有三が仰天しているか否かを窺って、これから聞かせようとする話が、さらに、驚愕の淵へと誘《いざな》うことを確信しながら次へと続けた。

「わしは、時間を思うたところで操作することができる。ただし、それは、百分の一秒だけじゃがな。短いとお思いか。だったらお主、この世の時間が百分の一秒でもずれたなら、周りのものがどうなるか想像したことがおありか。存じていようが、時というものは、一分一秒が、はっきりと一つ一つ細かく分かれているものではない。川の流れに似て、途切れることなく過去から現在、そして未来へと振り返りもせずに絶え間なく流れておる。そこには一分の間隙すらない。一時を何時、何分、何秒と刻んで表すは、人間が勝手に作り出したいわゆる、方便に過ぎぬ。時刻なるものは、川面に浮かぶ笹船の如く、その一時の目印とはなっても、やがて流れに乗って見えなくなってしまう。過ぎ去りし時は、二度と戻ってはこない。

しかし、このわしは、そのような時の流れに堰を設けて、百分の一秒というまことに瞬く間もない短さではあるが、これを繰ることができるのじゃ。事を起こそうが、この短さでは、誰一人気付く者はいない。ただし、どんなに時間のずれが短くとも、それによって生ずる結果というものは、この世を大きく変えてしまう危険性を孕《はら》んでおる。だから、幾ら熱心に頼まれようと、このわしでも、できぬこと、いや、やってはならぬことがたくさんあるのじゃ。既に世の多くの者が歴史的事実として認知しているものには、手が出せん。その後の世界が変わってしまうからな。第一、わしはその場で大勢の記憶を消し去るほどのエネルギーを持ち合わせてはおらぬのでな」

老人は、奥の棚からわりときれいな二つのグラスを持ち出してきて、粗末なテーブルの上に並べた。肩からぶら下げていた保温の効く水筒を傾け、そこに冷たい清水をなみなみと注ぎ入れたのである。一つを有三に勧めるや否や、喉が渇いていたのか、自分に注いだもう一つを一気に飲み干した。そして関心を示し始めた有三の表情に気を良くし、続きを語り始めたのだ。

「例えば、ここで一つ、交通事故があったとしよう。加害者と被害者との遭遇が百分の一秒でもずれておったらどうだ？　大事故には至らず、かすり傷程度で済むことになろう。しかし、この事故が歴史的大事件であって、それを知る者が日本全国に及んでしまっていたら？　それらの者たちから記憶を一掃するのは、膨大なエネルギーを必要とし、時をずらす行為より遥かに大きな労力が必要となる。残念ながらこのわしの手に負える代物ではなくなる。

だから、わしは、ごく限られた範囲の中で、人知れず何の支障もなく行えるものにだけ、手を染めることにしておるのだ。何度か人捜しもやったが、今の失せ物捜しが一番性に合っておる」

荒唐無稽な話の中で、失せ物捜しとの言葉は、彼に少しばかりの期待感を抱かせるものであった。

「さてと、本題に移ろう。お主の頼みを引き受けてやりたいのだが、それには絶対的な条件がある。もしそれが呑めぬのであれば、残念だが、すぐにでも、お引き取り願うまでだ。その条件というのは二つ。まずは、わしと交わした約束を決して破らぬこと。皮肉にも、万物の長たる人間が一番これを守らないのだから始末に悪い。お主は大丈夫であろうのう。わしが今日まで命を繋いでこれたのも、人智を超える悪魔の如き力を授かったのも、ひたすら約束を守ってきたお陰なんじゃ。その相手というのが人間以外のものであってものう」

末尾の一言は、消え入るような独白であったため、有三の耳には届いてはいなかった。そして条件はさらに続いた。

「もう一つの条件とは、帰趨《きすう》せし暁には、お主の余命の一部を頂くことじゃ。いかがかな。

わしが、奇跡を起こすに当たっては、驚くほどのエネルギーを消失してしまう。それは、己の命をすり減らすに等しい。これを補うには、人様から、寿命の一部を頂く他はない。

わしの見立てによれば、お主は大病を起こさぬ限り、後三十年は明るい。すれば、その三分の一、十年をちょうだいするというのではどうかな？」

有三は、耳を疑うこの突拍子もない提案に、たじろぐしかなかった。そして沸々と湧き上がった身の内の疑念を、ぶつけずにはいられない衝動に駆られたのだ。

「はい、分かりましたと言いたいところですが、正直言ってあなたの話は、あまりにも常軌を逸している。時間を繰るなど、とてもできようもないし、百歩いや千歩譲って、仮にそのような力が存在するとしたなら、なぜにあなたがその力を得られたのか、納得のいく説明をして頂きたいものだ」

「わしの力を疑うのは無理もない。決してお主が初めてではないし、現に、数カ月前だったか、どこぞの社長夫人も同じようなことを言いおった。残念なことに、その者は最後まで信ずることができなかったようだがな。

はっきり申して、このわし自身、いかようにしてこのような力が備わったのか、よう分からん。ただ、想像を逞《たくま》しゅうすると、その切っ掛けはこれしかないということを一つだけ思い返すことができる。そうは言っても、多分到底理解してはもらえんだろうがな」

老人は、有三の思わぬ反撃にやや気落ちしたところもあったようだが、淡々と述懐を始めた。


長々と語った内容とは、次のようなものであった。

今から丁度三年前。老人がこのゴミ処理場を建てて五年目の夏だった。今日のようにじっとしていてもシャツ裏に汗が滲む蒸し暑い日。老人は、朝からゴミの分別に追われていた。腐敗が進んで生じる強烈な臭いと熱気に当たってか、夕刻になって目眩を覚えるようになっていたらしい。分別によって出た最終の可燃ゴミをリヤカーに積み、二十メートル四方、深さ十五メートルほどに掘り抜いた穴に投棄しようとしたその瞬間だった。目の前が急に真っ暗になって、気を失った。老人の体はリヤカーを離れ、宙に浮き、そのまま穴底目掛けて落ちていった。穴には、ゴミが自分の体の何千倍も犇《ひし》めいている。底へ向かうほど、それらは腐って原型を留めてはいなかった。

奈落で湧き上がったアンモニアが気付けの役を担ったか、正気に戻り、気が付くと、老人の体は腐った生ゴミをはじめ、木や布の断片等、人の営みで排出されたありとあらゆるゴミの中に沈んでいたのだ。

この処理場というのは、元々、大手S林業が廃材置き場として利用していたものに多少の手を加え、新たにゴミ処理場として作り替えたものだった。それが八年前のこと。

職を辞して数十年、貯めたお金を元に老人一人で起業したものだった。膨大な借金を抱え込んだために、一日たりとも休業は許されなかった。当時から作業員はいなかったので、助けを呼んでも誰もこない。老人は、ゴミ底より頭上を見上げた。日が暮れて夕闇が迫り、この時期には珍しく、はっきり澄んだ空には無数の星が顔を出していた。次の晩も、そしてまた次の晩も、夜空でにやつく星どもを恨めしく眺めて過ごした。

だだっ広い休耕地の片隅に建てられたこの処理場、道路からも離れていたので、いくら大声を張り上げたところで誰の耳にも届かない。それでも諦めの悪い粘着質の老人は、観念するまでに七回も星を仰いだ。それ以降は、声を出す気力も失った。なぜ、今日まで生き永らえたかは謎である。

まず人間は、飲まず食わずでは三日も持たない。ところが、ゴミ溜めという所には、水も食べ物もふんだんにあるのだ。ただし、そのすべてが腐っていて、吐き気を催すような臭気を放つ。舌に触れれば、酢酸の如きにしびれる。水は茶褐色に濁っている。

きっと朽ち果てた野菜などから染み出した汁が穴底に溜まっていた雨水と混ざり合い腐敗を繰り返したからに違いない。

星の巡りを三回数えた晩、まともな人間であれば決して口にしないこれらの汚物を飲み込むしか生きる術はないと、老人は覚悟を決めたのだ。

ただし、これら醜悪なる飲食物によって己の体がどれほどまでに崩れていくのか、予想だにしてはいなかった。しばらくして、体内のほとんどの器官が拒絶反応を示し、皮膚は糜爛《びらん》して溶け始め、頭髪はもとより体中の毛という毛がすべて抜けてきた。大変な下痢をしたが止めようもない。身動き一つできなかった。仕方なく、その場で排泄するも、人一人が出す量などは微々たるもの、周りの巨大な汚物の塊に比べれば、涙の一滴にも満たない。微動だにできぬ苦痛と、耐え難い悪臭、さらには飢餓へと続くこの生き地獄の中で自分の運命を呪い、精も根も使い果たした。

気力を損じてから六日目、それは汚物を喰らうようになって丁度十日目の晩だった、老人は、これまでにない深い眠りに落ちた……。

ここまでの内容に、ほぼ付いてこられず、呆気にとられていた有三の目を覚ますかのように、老人は急に声を大にした。

「夢か現か幻か分からぬまま、わしは、ゴミ塊の最奥から、こちらをじいっと凝視する何物かの視線を感じたのじゃよ。お主、そやつの正体は何だったと思う？　まずもって、想像すら湧いてもこぬだろうな。その悍《おぞ》ましい正体に我が目を疑ったよ！」

「見当も付きません。ゴミ溜めの中に何かいたんですか？」有三は、不気味さで思わず小さく身を揺すっていた。

「それは、何と巨大な蛆虫だったんじゃ。大人ほどの体躯の化け物じゃった。しかも、その姿に相応しい、喉の奥から振り絞るような嗄《しゃが》れた声でわしに話し掛けてきよった。奇怪な体をして、その様相をさらに上回るような奇談を吐露し始めたのじゃよ」

＊

「俺は、お前が一刻も早く、この奈落に落ちてこぬかと首を長くして何カ月も待ち侘びていた。人間の月日の数え方も、とうに忘れ去ってしまって、どのくらいの日数が経ったのか定かではないが、とにかく、長いこと待っていた。自分だけがこのような境遇に一人でいるのが我慢ならぬ心地がして。そして、ついにお前さんもこのゴミ地獄に落ちてきたという訳だ」

「では、この穴に落ちたのは、わしが初めてではなかったのか?」

「そういうことになるな。ところで、俺が自分の体の変化に気が付いたのは、ここに落ちて一カ月ほどした時のことだった。その頃はまだ人間の頭が多少なりとも残っていたから、今でも鮮明に蘇る。しかし、このゴミ塊の中で蠢《うごめ》いているうちに段々と体の変化が進み、徐々に心の中にもそれが及ぶような気がして、それが一番恐ろしい。二カ月を過ぎた辺りから髪が抜け落ち、それが体中に広がって体毛もすっかりないようになった。

そう考えるとお前は十日前後でその形《なり》だ、俺よりも進行が大分早いと見える。それから、その後も変化が続き、三カ月を過ぎた頃には、とうとうこのような蛆の姿と成り果ててしまったのだ。俺だって、元はれっきとした人間だった。名前だってちゃんとある」

「人間様が蛆虫になるなんて、そんな馬鹿げた話、聞いたこともないわ。大体お前は何者だ。変てこな着ぐるみなんぞ着込んで」

「信じられんのも無理はないがな。ああ、何と言ったっけ、少し待ってくれ。昨日までは覚えていたのに。このような姿になり始めてから、日を追うごとに物忘れが進み、記憶も薄れていく。ますます元の姿から遠ざかっていくようで、何とも恐ろしい。近いうちには本当の蛆に成り果ててしまうのだろうなあ」

蛆虫の目は虚ろだった。そして続けた。

「そうだ、思い出した。俺の名は、確か中村通と言った。おお、朧気《おぼろげ》にもまだ過去の記憶が残っている。この穴に落ちたのは、昨年の冬だった。四十二歳を迎えたその年の冬だ。その年はまさに受難続きで、会社が倒産して職を失った。このような凶報を家族の者に告げる勇気を持ち合わせず、しばらくは、毎朝会社に向かう振りをして、遠く離れた公園や雨天時には図書館で時を費やしていた。このままでは長く誤魔化しは利くまいと、思い悩んだ末、蒸発を決め込んだ。今でも残してきた家族のことを考えると、胸が張り裂けるほど辛くて苦しい。四十二にもなると、新たな職に就くのは困難を極め、ホームレスに甘んじていた。毎日の食事にありつくことさえままならず、小雪舞い散る師走の晩、辿り着いた先が、このゴミ処理場であったというわけだ。さもしいことに、ゴミを漁ればまだ食える物にありつけるかもしれぬと期待してやってきた。場内のあちこちを探っているうちに、行き着いた所が生ゴミ最終処理場であるこの巨大な穴だった。獲物を求めてその淵に立ち、中を覗こうとした瞬間だった。今まで満足に食事をしていなかったのが祟ってか、急に血圧が下がってか、目眩が生じ、迂闊にもこの深い穴底へと落ちていったのだ」

蛆虫の声は確かに沈んでいた。老人は自分の置かれている立場も顧みず、意外にも応援する言葉を発していた。

「この穴から逃れる手立てはきっとある。あきらめるな！」

言葉が届いたか届かぬか、蛆虫は、力なく再び淡々と話し始めたのだ。

「女房や子どもたちを置き去りにし、人生をすっかり投げてしまったはずであるのに、浅ましきかな、命だけは惜しくて、俺は天に向かって命乞いをしていた。大きな声を精一杯張り上げて助けを呼ぶも、おのれの頭上には、何メートルもの高さに積もったゴミ塊が立ち開かり、そのために、声はすべて吸収されて穴の外には出ていかない。仕方なく、臭くて不潔極まりないゴミの中で、ひたすら『生きたい、生きたい』と涙枯れるまでもがいていた。口に入ると思しき物は、それが原型を留めぬほどに腐っていようが、手あたり次第喰らうたし、汚濁の水も飲んだ。

一カ月ほど過ぎし頃、自分の体の変化に気が付いた。毛髪も体毛もすべてが抜け落ち、何とはなしに手も足も以前に比べると短くなっているような気がした。そしてもっと大きく変わっていったのは……」

眼前で悲愴極まりない話を続けるこの者の姿が絵空事ではなく、近い将来の自分であることに薄々感づいていた老人は、先を聞く勇気が持てず、一旦話を遮った。

「もしかして、このわしもこの先、おのれと同じような変化を遂げるのであろうかのう？　だったらなおさら、このような地獄の世界に留まるなどとの弱気を起こさず、一緒に逃げ出そうじゃないか」

しかし、蛆虫は、意に介することなく述懐を続けた。

「大きく変化したのは、五感だったよ。分けても臭覚と味覚については、信じがたい変化があった。まずは、ゴミの臭いが気にならなくなったんだ。それどころか、あの饐《す》えたような何とも耐え難い刺激が、むしろ好ましいと思えるようになっていった。腐りゆく肉塊の辺り一面に立ち込める吐き気を催す死臭、野菜や穀類の繊維が溶け出して放つ酸っぱい刺激臭、それらは皆、おのれの食欲をそそる誘因物と化していった。

これらの汚物の臭いを嗅ぐと、知らぬうちに胃の腑のあちこちよりけたたましい量の酸が湧き出て、これから迎え入れんとする悍《おぞ》ましい食べ物の消化を行う準備が整う。さらに仰天すべきは、味覚の変容ぶりだった。一体この舌はどうなってしまったのだろう。より傷みが進み、夥《おびたた》しい腐敗臭を放つ汚物にこそ舌鼓を打ってしまうのだ。

二カ月を過ぎる時分には、無残この上もないことに、今まで曲がりなりにも手や足として役目を成していた器官は、すっかり原形を留めてはいなかった。その代わりに、体の至る所から、何対もの疣《いぼ》の如き節くれが芽生えてきて、それが段々と大きく盛り上がってきたのだ。今では、紫陽花の葉に匍匐《ほふく》するマイマイのように柔軟な蠕動《ぜんどう》運動を繰り返す。

おのれが天に向かって『生きたい』と懇願してから三カ月、もうそこには人間の痕跡を残すものは、消え失せていた。その頃であった、底穴にできた茶褐色の汚水池に様形《さまかたち》を映し見た。あまりの悍ましき我が身に涙が止まらなかった。いや、それは正直な話ではない。実のところ、その涙する様子は心に描いた妄想に過ぎず、もはや自分には、涙の一粒でも絞り出すような器官は、とっくに失せてしまっていたからだ。

この現実に、俺の精神は完膚《かんぷ》なきまで叩きのめされた。人間らしい感情も徐々に薄らいでいくのが分かる。本当の蛆虫に成り下がってしまうのも遠い先のことではなかろう」

老人は、この穴に落ちて以来、自分の取ってきた行動や姿が、眼前で語るこの者と酷似していることをもはや受け入れるしかなかった。そして洪濤《こうとう》となって沸き上がる恐怖を感じ始めていた。体調変化の時間こそ異なれど、体の変貌ぶりには驚くほど差がないということに。蛆虫の話はさらに続いた。その者は意外に物知りであったのだ。

「俺は、元が人間様であるが故に、その図体の大きさったらない。何億年前か知らぬが、陸を支配していたトンボの祖先は、今のヤンマの何十倍も大きかったらしいが、俺と米粒ほどの蛆虫との大きさ比率には遥かに及ばぬだろうな。生きて捕まれば、訳の分からぬ場末の昆虫館へ送られ、そこでのいい笑い者。死ねば死んだで、剥製にでもされて、見世物小屋如きの秘宝館に鎮座し、晒し者となるのが落ちだろう。

ところで、俺に起きたかくの如き体の変化というものは、過去にも幾つかの例があるらしい。しかし、なぜか黙殺され続け、日の目を見ずにいる。想像を遥かに超えた精神作用が細胞の構成要素に働きかけて、身体の変化を引き起こすらしいんだが。実際、生物は発生時から今日に至るまでの進化の過程において、その種が獲得してきたすべての形質を個々の体内に潜在させているかもしれんのう?

そうであれば、ごく稀に、環境の急変に対応するため、先祖返りを起こした者がいたとしてもおかしくはない。瞬時に変じた者もいれば、俺のようにゆっくりとした奴もいる。またお前も、変化の速さが俺とは別のようだ。

いずれにしても、このような道理を欠いた現象は、どうも特別な精神を有する人間だけが、それも特殊な環境下においてのみ引き起こされる事例であって、人間以外の生き物では例を見ない。知っているだろう、有名なタイタニック号の海難を。想像しがたいことだが、精神作用が肉体を瞬時に改変した事例は実際に起こっているんだ」

蛆虫こと中村通は、この者の以前の職業について詮索せずにはいられぬほど、博学であった。

「お主は先生でもしとったのか？　何でもよく知っておるし、話もうまい。わしとてタイタニック号の話ぐらいは知っとる」

そう聞いて、蛆虫の語調はやや上がった。

「一九一二年四月、豪華客船タイタニック号が２２２４人の乗員を乗せ出航した。そして、北大西洋沖で氷山に衝突し、海に沈んだ。うち、１５１３人が亡くなり、710人が生還したという。一人勘定が合わないと思わないか。救命ボートから外れた者たちは極寒の海に放り出され、数分もしないうちに凍りつき、哀れ海の藻屑と消えていった。おのれの運命を受け入れられない者もさぞかし多かったであろう。血も凍るような凍てつく暗黒の海で『神よ、我を魚に変えたまえ！　命さえあれば、この身がニシンであろうがサケであろうが構いはしない！　この息が途絶えてしまわぬうちに、寒流に棲まう魚にでもなっておれば生き続けることができる。死にたくない。何とかしてくれい』と、哀願した者も大勢いたに違いないのだ。そしてたった一人、進化の逆を辿った者がいた。その者は、胎児が母体の羊水の中で初めに鰓《えら》を生じて、肺へと移りゆく、あの系統発生の逆を進んだのだ。死を前にして、それを拒む激烈な

精神が、本人の持つ極めて特殊な体質に働きかけ、時に生じた急激な環境変化にも適応する肉体改造を現実のものとした。この者はきっと人魚となって世界の海を回遊したことだろう。

昔、あるものの本で、北欧の漁師に捕えられた人魚が、これと似たような身の上話を涙ながらに語ったという話を読んだことがある。かくいうこの俺も、海のようにきれいな世界ではないが、このゴミ溜めの中で、同様な逆進化を遂げたのだ！」

＊

巨大な蛆虫は、そのような虚実混交な話を老人に聞かせたのだった。

ここまでの話を聞いた有三はいささか困惑気味であったが、さらに、奇怪な老人の話を聞くはめとなった。

「わしも起業して五年、これからという時だった。当然〝生〟に未練たらたらであって、ましてや、このように臭くて汚らしいゴミの世界で一生を終わらせるなど想像だにしたくはなかった。このままいけば、そのうちに人間の感覚はすべて失うだろう。饐えた臭い、腐った飲食物で笑壺《えつぼ》に入る蛆虫に成り下がって余生を送るくらいならば、いっそ死んだほうがましだ。そう思った。

その時だった。一瞬、目の前が真っ暗となり、その後すぐに辺り一面が金粉を放散したような明るさに包まれたのだ。それは、どう見ても幻夢の世界に違いなかった。ゴミ塊の住人らがこちらを向いて一斉に喋り出したのだから。彼らの中には、生物《なまもの》の他に、使い捨てられた食器、家具、調度品、着物や装飾品の類もいた。分けても自己主張が強かったのは、腐りが進み、売り物にはならなかった野菜や果物、肉といった食べ物の連中であった。葉っぱのほとんどが朽ち果てて変色し、その溶け出した繊維から異臭を放つキャベツがこう切り出した。

『わしは、ここから数キロ離れた農園で採れたキャベツじゃが、青々と瑞々しい葉を何葉も巻いて出荷を待っておった。しかし、今年は天候に恵まれ、いつになく豊作となり、東京へ持っていっても二束三文にもならん。長々と出を待っておったらこのざまじゃ。とうとう人の手にのることもなく、こうしてここに捨てられてしもうた。惨めなもんじゃ』

するとゝ今度は上品な和箪笥が、一番上の引き出しを口に見立てて語り始めたのだ。残念なことに、ゴミと化したこの者には、最下段の引き出し左方から最上段右方に向けて一直線、深くて太い引っ掻き傷が走っておった。

『私は、自分で申しますのも何でございますが、黄金の如き輝きを放つ浅黄色の地肌に黒鉄《くろがね》の取っ手と蝶番が大層似合う桐の箪笥でございました。かれこれ十年にもなりましょうか、私の主であります奥方様が婚礼の祝いにと実家のご両親から贈られた物でございます。奥方様はもちろん、旦那様も、とても丁寧に扱ってくださいまして幸せでございました。じきにご長男がお生まれになりまして、その子がとてもやんちゃ者であったのでございます。いつか我が身に体当たりを仕掛けてくるのではないかと気が気ではございませんでした。案の定、恐れていたことが起こってしまったのでございます。お坊ちゃまが二歳と数カ月の折、奥方様の制止を振り切って、この私目掛けて突進して参りました。手に壊れてブリキの断片がむき出しとなった大きなおもちゃの自動車を持って……。最初は水平な畳の上を走らせて遊んでいたのですが、突然、垂直に聳える私の顔を勾配豊かな坂道に見立てて一直線に駆け上がっていったのです。その後に残ったのが、深く刻まれたこの傷というわけです。それ以降ご夫妻が私を見る目は、大きく様変わりしてしまいました。お二人とも完璧を好む質だったのでしょう。まさに傷物となってしまった私を疎ましくお思いになられ、段々扱いが雑となり、とうとうここに放り込まれる羽目と相成りました。たった一つの傷だけで、今まで優しかったご夫妻の心がこうもたやすく変わろうなどとは、夢にも思いませんでした。私ども桐箪笥は、湿気を防ぎ、火にも強く、密閉度も高い、その上軽量でございます。そのように重宝極まりない私奴《わたくしめ》を……。人というものは、表面のみを取り繕う生き物なのでしょうか。そしてその心は秋の空の如きに移ろいやすきもの。全くままなりませぬ。このように薄情とは、思いも寄りませんでした』と、さめざめと泣くのである。そして、再び大きな蛆虫が、ゴミ塊から躙《にじ》り出て、話を始めた。

『さて、ここにおる皆を代表して話をする。俺を除いた他の者たちは、すべて人の手で作り出され、身勝手にも処分された者ばかり。だからといって恨んだり、嫌ったりするものではない。人間によって世に出されたことをむしろ、誇りにさえ感じているんだ。お前はまだ、体の変容が始まったばかりで心まで化け物には至ってはいない。どうであろう、蛆虫と成り果ててしまったこの俺に代わって、人の感情を残すお前が、これより先、いかなる時でも、ゴミと呼ばれてここに落とされし者たちに憐憫の情を示すと約束するならば、崩れかかったお前の体を元に戻し、ここから出してやってもよいが。ただし、これからは、ここに捨てられたゴミたちをただ闇雲に焼却するにあらず、彼らの生い立ちに一つ一つ思いを巡らせてやってほしい。その中で、再び気を漲《みなぎ》らせることができよう者がいれば、丁寧に手当てを施し、元の世界に戻してやって

くれ。既に朽ち果てし生物《なまもの》は、手厚く葬ってやれ。あの大きな煙突から天国に向かって旅立っていくだろう。

約束ができるなら、お前をこのゴミ館の仙人に任じて、ここから出してやろう。そして仙人となった証しとして、過去の時間を百分の一秒だけ繰ることができる力を進ぜよう。いかがかな？』と、問いかけてきたんじゃ。

わしは、この醜悪極まりない地獄のような穴の中で夢でも見ているのだろうかと困惑した。いずれにしても、一刻も早く、悪夢から逃れたい。その一念で、一も二もなく、承諾を示す大仰な頷きを入れていた。

さて、それはそれはかつて見たことがない変梃《へんてこ》な夢であった。ゴミに群がるハエの羽音に促され、ゆっくりと目蓋を開いてみてまさに仰天した。自分の体は、ゴミ穴の底にあらず。リヤカーと共に、穴の上部にややせり出た形で設けられた廃棄口の真下にある鉄枠に、辛うじて引っ掛かっておったのだ。鉄枠は、不測の折、そこに鎖を掛け重機を下ろすことのできる頑丈な作りであった。リヤカーもわしも穴への落下を免れておったのだ。車輪は鉄枠にはまり込み、わしはリヤカーの取っ手の部分と枠との間に挟まって、もがいておったということになる。しかしどのように思い巡らせてみても地獄の十数日間の模様を打ち消すことができなかった。あの忌まわしい日々が一時の夢であったとは……」

ここまで話すと老人は、一旦深い溜息をついた。それは自分の中にある不可思議な記憶に当惑しているふうでもあったが、自らの心を決める作業にも思えた。そして再び話を続けた。

「確かに落ちたはずであった。目を閉じて、頭に渦巻くものを整えてみた。不確かな記憶が二つ、重く伸し掛かる。一つは、穴底で出会った巨大な蛆虫とのやり取り。野菜や箪笥を含めてあの蛆との会話は脳裏に鮮明に焼き付いている。そして、もう一つは、今まさに鮮明化しつつある記憶。事の発端となった、生ゴミを捨てに廃棄口よりリヤカーを押し出した瞬間の映像だ。夕刻となり、ゴミの最終投棄の際であった。いつものように、生ゴミを積んだリヤカーを押し、ゴミ穴へと向かった。すると、日中の暑さに当たったのであろうか、廃棄口の所に差し掛かった折、ふらっと意識を失いかけた」

有三は、確認の意味を込め口を挟んでみた。

「ここが、この話の出発点でしたね。このような奇妙な話にこれ以上付け加えることがおありなのですか？」

　老人は頷いた。

「ここじゃよ、この場面で、これまでの記憶と新たな記憶が交錯するのだが、後者がどんどんと支配を強めていく。あの時だ、雨も吹き込む粗末な建屋の西側面の杉板に空いた小さな節穴から、沈みゆく夕日の断末魔の光が差し込んできて、わしの目を射抜きおったんだ。小さな穴から日光が侵入して、それが丁度わしの目の位置に合わさるなどの偶然は、百分の一秒ほどの狂いがあっても叶うものではない。まさに奇跡と呼ぶ他はない。わしは、気を失う直前、日の光の衝撃を目に受け、その反動によってリヤカーの取っ手を持ったまま仰《の》け反《ぞ》った。車輪は、下方の鉄枠にはまり、おのれの体は、取っ手と鉄枠の間に挟まって宙を浮いていたというわけだ。正気に戻ると、慌てて、鉄枠に足を掛け、せり出た廃棄口までよじ登り、安堵の胸を撫で下ろして眼下を見下ろした。その時だった。腐ったゴミの塊の中から大きな蛆虫が、こちらを見上げて笑ったような気がした。そ奴は、憂いを帯びた眼差しを残し、ゴミの奥深く消えていった。茫然と立ち竦むばかりのわしであったが、ふと、体中の細胞が一気に煮え滾《たぎ》る心地がして、妙な力を授かったような気分に襲われていた。壁板のわずかな穴から、日光が差し入ったのは、単なる偶然のなせる業ではなく、自分の力ではなかったのかとの疑いが膨らんでいった。実際、それが紛れもない本当の力であるとの確信に至るまでには、幾日も要することはなかったのだが……」

ここまで話し終えると、老人は再び清水をグラスに注ぎ、それを飲み干した。

「その日を境に、わしは過去の時間を百分の一秒だけ繰ることのできる塵芥仙人《ごみせんにん》と相成ったのだよ！」

老人の長い独白はここで終止符を打った。


有三は半ば呆れ顔でこの老人に対峙していた。

「はあ、なるほど、あまりにも荒唐無稽なお話なので、正直、すべてを信じろと言われても無理がありますが、あなた様からは、確かに霊妙なる力を感じます。何か良い手立てがありましたらぜひ、それにおすがりしたい。私のこの度の失態が、末代までの嘲笑となるのだけは避けたいのです。自分がこれまで歩んで来たほぼ六十年間、一度たりとも人から後ろ指を指されるようなことはありませんでした。ここへ来て、この人生に傷を付けるくらいなら、むしろ死んだほうがましです。もし、真っ当な人生で終われるのであれば、私の余命の一部、十年など安いものです。お譲りいたしましょう。ぜひに、失せ物を見付け出してください。お願いいたします」

依頼人の決意のほどを確認した老人は、部屋の最奥に鎮座している金庫（それもどうやら多事の経緯を踏んで、ここに辿り着いたと思われたが……）、その、頑丈で重い扉を開き、中から年季の入った台帳と硯箱を、さも大切であると言わんばかりに恭しく取り出してきた。

和紙を綴った台帳には、多くの人名の記載があり、初期のものは墨が色褪せ、茶色味を帯びていた。最も新しい頁の左側には、真筆らしき漆黒の署名があって、すぐに、あの沙織夫人のものであると見てとれた。不気味なのは、すべての署名の下に、記載者それぞれが血判として押し当てたのであろう指紋が浮き出た血痕が、くっきりと残されていたことである。印鑑などの類は一切見受けられなかった。有三がそれらに倣って自名を記す間、老人は表情一つ変えずにじいっと見守っていた。そしてこれも収集したゴミ塊から探り当てたに違いない、何ともみすぼらしい短刀を懐より取り出し、有三の前に差し出したのだ。台帳を挟んだ二人の間には、暗黙の了解があった。

有三は、黒漆が所々剥がれ落ちている鞘から白刀を抜き、自分の左親指にその刃を押し当てた。刀は意外にも名の通った業物《わざもの》であるらしく、表のみすぼらしい形からは想像もできぬくらい、ことのほか良く切れた。鋭利な業物は、痛さを感じさせる間も与えずに親指深く切り入った。滴る鮮血の収まり具合を見計らって、おのれの署名の下に、血の滲む指を押し当てた。和紙は見る見るうちに彼の決意を吸い込んでいったのだ。

「さあ、これで契約は成立した。片手に満たぬうちに結果が出よう。事が成就した暁には、吉事日より数えて一週間以内に、この場所に来て事の経緯を報告して頂く。周囲に間違いが起きていないかの確認じゃ。報告が完了せし場合は、互いの契約達成の証しとして、お主の署名の上にわしが血判を押すこととなっておる。もう一度申す。期限は一週間、一秒たりとも違えれば、何人も例外なく残りすべての余命を頂くことになる。ゆめゆめ、忘れることのなきよう」

老人は、きっぱりと言い放った。何かが気になって、有三は振り返り、もう一度台帳に目を落としてみた。すると、署名のすべてにわたって、その上に老人の血判が押されているわけでもないように見えた。確認の意味で、さらに自分の右隣にある沙織夫人の名前を覗こうとすると、老人はそそくさと台帳を片付けてしまった。

このような荒唐無稽な話、どこまでが真であって、どこから先が偽であるのか、有三は理解に苦しんだ。現実主義者である有三にとっては、蛆や人魚への逆進化だの、ましてや時を繰るなどの夢物語には到底付いて行きようがなかったのだ。思考の全面を覆い尽くすような疑念を残したまま時が過ぎていった。

一夜が明けた。葉月も終盤に向かおうというのに、この日も朝から日差しが強く、暑さだけが身に染みただけで、何も起こらなかった。二日目も同じように何事もなく過ぎていった。三日目の朝を迎え、今日も、前二日間同様、特別な事が起こる気配もなく、いよいよ明日に迫った駅前開発事業計画最終打ち合わせを目前に、有三はすべてを打ち明ける覚悟を決めていた。九月の運営委員会に向け、成案の最終チェックを行う大事な会議であったのだ。

卒なく謝罪を行う段取りを付けようと、二時間も早めに役所に入った。いつものように、事務所内を一回りしたその時である。朝日はまだ低空で、旭光《きょっこう》が部屋の奥深くまで差し込んでいた。その時彼は、自分の机とその脇に置かれたゴミ箱の間で、キラッと何かが瞬いたのに気が付いたのである。もしかしたらの期待感と、思いが叶わなかった時の落胆ぶりが等しく脳裏をよぎる中、恐る恐るゴミ箱をずらしてみた。するとどうであろう、何もなかったような顔で平然と横たわっていたのは、彼が死に物狂いで探し求めていたUSBメモリだったのである。

表層部の金属が、折からの旭光を反射しておのれが存在を誇示していたのであった。

「私に瞬きを送ってくれてありがとう。これさえあれば私や家族、そして役所すべてが救われる。早起きは三文の徳とは、よく言ったものだ。本当によかった」有三の目には涙が滲んでいた。そしてさも大切そうにそれを眼前に翳《かざ》し、「何てことはなかったんだ。最初からここに落ちていたのに、もっと念入りに見ればよかった。ただし、机の脚に付けた滑り止めの木枠の間に挟まっていたのだから、ゴミ箱をどかしたぐらいでは気が付かぬのも無理はないな」と、苦笑いをしながら一人呟いていた。すると、今まであれだけ心配した自分がどうしようもなく滑稽に思えてきたのである。

そして、ゴミ処理場での老人との出会い、彼が語った物語も笑止千万とばかり、すっかり忘れ去ろうとしたのである。しかし、生真面目な彼にとって、どうしても拭い去れない記憶があった。それは、他でもない、老人と交わした約束事である。もし、今回のありがたき結果が老人の力によってもたらせられたものであるなら、期日内に詳しい経過を報告しなければならない。同時におのれの余命から十年をも差し出すことになる。人生の終盤を迎えた有三にとって、この十年は非常に大きい数字であった。ふと脳裏に優しい妻や可愛い二人の娘の顔が浮かんでいた。一介のゴミ処理場の番人が、時間を繰るなんてこんな馬鹿げた話もないものだ。ごく自然の成り行きで、そこに元々落ちていた物を、自身が見つけ出したにすぎない。そう決め込もうとする卑怯でずる賢い自分がいた。

結局、端から丁寧に捜してさえいれば、あの老人を頼らずとも失せ物は見つかっていたとの思いを強めていったのだった。

有三は、見つけ出したUSBをもとに、早速、成案のチェックを行い、提出書類の作成をその日のうちに済ませた。翌日の最終打ち合わせを皮切りに、九月の運営委員会、十月の議会と会議はすべて順調に進み、業者との正式な契約も取り交わされて、開発計画は、実行に移される運びとなった。有三は行政マンとして最後の事業を成功に導き、慎ましやかな名声を博して、定年を迎えることができたのだった。

「失せ物が見つかりし暁は、一週間以内に報告をし、めでたき結果の対価を支払う」

あの時、血判を押してまでして、老人と固く結んだこの約束は、彼の記憶からとうに失せていた、いや消し去ったと言うのが正しかろう。確かに認知症の兆候は窺えてはいたが、自分の命の長さと引き換えにした恐ろしい約束をなきものとするには、すべての記憶を一刻も早く忘れ去る、そのような精神的な防衛本能が働いていたのかもしれない。その後、彼は、自分の行為のみを正当化し、あのゴミ処理場で出会った老人や彼が語った話を、一度として思い返すことはなかった。

彼の様子がおかしくなったのは、役所を去って一カ月もしないうちであった。急に食べ物が喉を通らない。挙句の果ては、水さえも流れていかない。まるで臓腑の果てに魔物が巣食うていて、そ奴が折角流れ着いた飲食物をすべて噴き出してしまうかのように、勢い良く嘔吐《おうと》してしまうのであった。頬がこけ始めたと思ったら、髪や体毛も抜け落ち、目は窪み、体からは生気が失せてしまったのだ。

ベッドに横たわる姿は、芋虫、いや蛆虫のようであった。掛かりつけの医者に診せたが原因は分からず、すぐに大学病院に入院し、様々な検査と治療を受けたのだが、その甲斐も空しく、わずか半月のうちに世を去ることとなった。

原因不明の奇怪な死に方に家族は合点がいかず、数日間、有三の薄命を恨んで泣き明かした。妻と二人の娘は、原因を明らかにすることを望み、仕方なくも解剖を申し出たのである。治療に関わっていた医者もあまりに不自然な患者の死に方に疑問を抱いていたので、その申し出は、まさに渡りに船であったらしい。解剖が行われ、告げられた病名は「多臓器不全」。医者は、決して嘘を告げたわけではなかったが、何によってそれが引き起こされたのか、その真意を語る勇気は、持ち合わせてはいなかったようだ。

解剖を行った執刀チームは皆、その異様さに驚愕させられた。諸所の臓器には鬱血した箇所や癌の痕跡も見当たらない。しかし、そのほとんどは、壊死をしていて、機能が停止していた。なぜだか全く見当も付かない。原因を特定できぬまま、開いた腹を閉じようとしたその時であった。肝の奥底から大きな蛆虫が這い出してきたのである。

有三が息を引き取る数日前、彼が入院したことを知って、大学病院にかつての部下であった明子と優菜が見舞いにきたことがあった。ベッドの脇にある花瓶に花を生けながら、病人に聞かせる内容ではなかったので、声を殺しながら雑談をしていたのだが、その話は、過敏となって欹《そばだ》てていた彼の耳の中に、すっかり吸い込まれていった。

「明子、知ってる？　縁起でもない話だけれど、ウオコーの沙織夫人、先月お亡くなりになったらしいわね。週刊誌に載っていたわよ」

「もちろん、知っているわ。私、彼女の葬儀に参列したんだもの。知らないはずがないでしょ。でもね、少し気になることがあったのよ。実家のご両親とは、顔馴染みなので、死因について伺ってみたの。病状については詳しく説明して頂いたのに、最後まで病名を教えてはくれなかった。病名を隠していたというより、分からなかったという方が真相ね。しつこく尋ねるのも失礼かと思い、そのまま帰ってきたけれど、何だか少し様子が変だったわ」

彼女たちは、有三の具合があまり思わしくないのを察して、早々に引き上げていった。臥して聞き耳を立てていた有三は、そこで初めて沙織夫人が不審死を遂げていたことを知ったのである。

集中治療室に移され、日に日に体が衰弱していく中で、有三の頭だけは、英気を与えられたかのように冴え渡っていく。認知症が逆進しているかのようで、以前にも増して、血の巡りが速く、多くの記憶が蘇ってくる。

病床にいる彼の脳裏には、USBを消失したあの日の記憶、八月十五日の状況がはっきりと映し出されていた。そこはまさに彼の仕事場である。

その日はとても蒸し暑い日であった。それでも役所は、エネルギー削減のお題目に倣い、エアコンの温度設定を下げないよう努力をしていたが、有三の課は、さらに踏み込んで、文明の力に頼らず、窓を全開にして涼を取っていた。今日は妻の誕生日、彼女好みのシャンパンを求めて早めに仕事を切り上げ、続きは自宅でと、大事なUSBを机上に残したメモ用紙の上にのせた。このメモには〝妻誕生日、シャンパン〟との走り書きがしてある。

その時、彼の携帯に家からメールが入った。緊急時を除き、仕事の時間帯には連絡を入れないはずであったが、それは、晩餐を待ち侘びた奥方が彼の帰宅時間を問うものであった。

するとで外で目も眩むような閃光が走り、間髪を入れず、耳を劈《つんざ》く雷鳴が轟くや、一陣の風が部屋の中を吹き抜けていった。慌てて窓を閉めにいった自分の姿が見える。その後、メモ用紙とその上にのせておいたはずのＵＳＢを一緒に鞄に収めたと思い込んで帰宅の途についたのだ。

脳の毛細血管を巡る血の循環は勢いを増し、それに伴って頭に映し出された画像は一層鮮明となり、詳細を顕わにした。風に煽られたメモ用紙は、背中に背負ったＵＳＢを机の右脇にあったゴミ箱の中に振るい落とし、そのまま床に舞い降りた。有三は、すぐに紙を拾ったが、片方の存在は薄らいでいて、何と、ゴミ箱に置き去りにしてしまったのだ。ただし、当初から、メモ用紙とＵＳＢは、一対となった記憶が残存しており、彼にとって用紙を鞄に入れたことは、両方とも持ち帰ったことに等しかった。

かくして、この日は水曜日。終業の五時を回ってしばらくするとゴミの回収作業が始まる。青い作業着のおばさんが各課を回ってゴミを浚《さら》っていく。有三の小さなＵＳＢもあえなく、他の紙屑等に紛れて回収されてしまったのだろう。

次に、体中の血液がすべて、脳内に集まってきたようだった。すると、血の巡りは最大値にまで達し、ふと新たな画像が浮かび上がってきたのだ。

もし、ここに百分の一秒、時間のずれが生じていたとしたら？

そのような仮定での絵面《えづら》であったかと思われる。それは、ほんのわずかな時間のずれではあるが、窓を閉める時刻が早まったに違いなかった。光ってすぐに大きな雷鳴が轟いたとすれば、雷は自分のいる場所からほど近い所に落ちたと推測される。すればなおのこと、音は、雷の位置を正確に知らせてくれる。この日の夕刻時の気温を考慮すると、音速は毎秒三百四十メートル。百分の一秒のずれは距離にして三・四メートルだ。奇遇にも、有三の机から窓までの距離は三メートル強、ほぼ一致する。雷鳴が開け放した窓を揺らし、彼の耳へと飛び込んだ時間の分だけ彼は早く立ち上がり、窓を閉めにいった。この百分の一秒のずれによって当然、風が吹き込む勢いや角度は、異なってくるだろう。そうなれば、その風によって飛ばされたメモ用紙の軌道は変化したことになる。背中のUSBはゴミ箱には飛び込まず、机の滑り止めの木枠の中に、ちゃっかり挟まってしまったのではないか。ここへ来て、有三の心の中には、想像というより確信に近いものが生まれていた。

あのゴミ処理場の老人は、約束通り奇跡を起こしてくれていた。それなのに自分は、老人と固く誓った報告を忘れ去ってしまった。いや反故にしてしまったのだ。あの時、彼が言い放った独白の真意が徐々に顕わになってくるようだった。「わしが今日に至るのは、誰と交わした約束でも違えることを絶対にしなかったからじゃ。相手が塵芥《ゴミ》であろうと、蛆であろうとも。しかし、皮肉なことに人間という生き物は、一番これを守れん……」

確かあの台帳には、本人の署名の上方に老人が押した血判があるものとないものとがあったようだった。今思えば、その血判こそが約束を守った証しに違いないのだ。あの日、振り向き様に見ようとして、老人に素早く取り去られた台帳の沙織夫人の欄、垣間見たその署名の上には老人の血判はなかったような気がしてならない。

今となっては、もう手遅れである。彼の頬には、一筋の涙が伝わって落ちた。少なくとも残りの人生の三分の二である二十年は保証されていた命であったのに……。

あの日、自分の血判を押してまで交わした約束を違えた代償は、あまりにも大きかった。

虚け

永きに渡って保たれし江戸の〝泰平〟なるものは、海浜の砂が寄せ来る水波を迎え入れるが如く、すべての階層へと深く染み込んでいったに違いない。そして、齷齪《あくせく》働く庶民へも、大様《おおよう》なる心を醸す大きな因《よすが》を作り上げてきた。

その一つの証しであろうか、様々な者が一続きの屋根の下で寝起きをする町人の長屋は、安普請の薄壁に仕切られて至って風通しも良く、人情も厚かった。ここには、大工や左官などの職人や日雇いで生計を立てる日用《ひよう》などが集まり、江戸百万都市といえど、その半数を占める町人の七割は長屋暮らしをしていた。畳職人である豪造《ごうぞう》なる男もそんな長屋住人の一人であった。

長屋の朝は早い。厠へ行くも、顔を洗うのも我先にと混み合う中、井戸端でいつも顔を合わせるのが隣部屋の瓦職人の六介《ろくすけ》だった。豪造の顔を見る度に冷やかすのが彼のいつもの挨拶だ。

「豪造よ、相変わらずの虚けで世話ねえなぁ」

「おうよ、おら、いつまで経ってもうだつが上がんねんだ。もっとも長屋暮らしに、うだつは必要ねえべ」

「違いねえや、ハハハハッ」

生来、至って穏やかで、競うことを苦手とする豪造。欲なし、文なし、ぽんつくと陰口を叩かれても、豪造には気ままな長屋暮らしが合っていた。

さて、その豪造、根っからの虚けであって、本人自身、生来そのことを気に掛けることはないものの、周りの者たちがあまりにも囃し立てるものであるから、今ではおのれの心の端に「そうであるかも知れぬな」程度の自覚がわずかに芽生え始めてきているようではあったが、愚鈍さ故、時間の経過とともに、そのことさえ薄れてしまうふうであった。

立秋をとうに過ぎし至って寝苦しい晩のこと。深淵なる水を湛える大池にほど近い長屋にあって、最も厳しい夕陽が差し込む西寄りの居から、下駄履き、浴衣の着流しで団扇《うちわ》片手に豪造が出て参った。

暑さ凌ぎに安い冷酒でも少しばかり引っ掛けたのであろうか、赤くほんのり染まった頬が、折からの夕陽の助けを得てますますてかてかと、まるで猿の尻のようである。どこぞの朝市の店先で、売り出し祝いにもらった物であろう、いかにも使い込んだと思われる古びた団扇は、骨がむき出しになっていて、隙間から風がほとんど抜けていってしまうので、涼は気ばかりといった具合である。

彼は、覚束《おぼつか》ない足の赴くままに、ふらふらと池の縁に沿って歩いていた。この日、幾人もの人間と行き交ったものの、知った顔には誰も出会わなかった。

歩を進めて行くうちに、段々と人影は疎らとなり、日もとっぷりと暮れてきた。そして、自分の出てきた長屋の明かりが燈火ほどにしか見えない所にまで差し掛かった頃、一本の大きな柳が目に留まった。そのものが立つ丘に、一頻《ひとしき》り風が吹き、枝の震えが伝わった。よく見ると、御誂《おあつら》え向きに木の下には大きな丸太の腰掛けが横たわっているではないか。

ここまで来ると、さすがに池面を撫でながら吹き戦《そよ》ぐ風が爽やかである。こ狭ましい長屋にいては味わうことができぬ涼風に当たって明日への英気を養おうとゆっくりとそこに腰を下ろした。ほんのり酔いが回ってか、うつらうつらしていると暗がりから何やら声がする。「主様《ぬしさま》、主様」それはそれは鈴を鳴らしたようなまことに涼やかで優しい女人の声であった。驚いて立ち上がり、辺りを見回してみても何の気配もない。不思議に思って周りに目を凝らす。果たして誰もいなかった。あきらめて豪造は再び丸太に腰を下ろした。

するとおりからの月の光が池面《いけも》に降り注ぎ、それを吸い込んだ小波らが揺れて織りなす銀の瞬きの間隙を縫って人影らしきものが現れ出でた。浅葱色《あさぎいろ》の地に紫の桔梗《ききょう》を染め抜いた浴衣を着た細身の女人が、不思議にも池の浅瀬に立っているのがはっきりと見て取れたのだ。そしてあろうことか、見ず知らずの豪造に何とも親しげに声を掛けてきたのである。

「主様、よろしかったなら、こちらへいらしてごらんなさい。ここはとても冷たくて、身も心も落ち着いてまいります～」

美しき女人なるは、夜目でも遠目でも分かるもの。ましてや今宵の月明かりは、彼女の玲瓏《れいろう》たる美形を定かに映し出して見せるには十分であった。彼女の長い黒髪は、水面《みなも》に触れてしっとりと濡れていた。豪造の視線は彼女に貼り付いた。男の本能によって誘《おび》き出されし卑俗な興味に引き寄せられ、池に足を踏み入れたのだった。

思っていたよりも冷ややかな水に、ほろ酔いの頭を強く叩かれたような感覚を覚えたが、そのまま女人のいるほうへ吸い寄せられていった。間近で見る彼女は、彼がこれまでに出会ったことのない、そしてこの先も到底出会う機会には恵まれぬであろう美しき娘であった。

漆黒の長い髪は、背の中ほどまで届いていて、それを子どものように振り乱しては、豪造に水を掛けて遊んだ。豪造も夢中になって両手一杯に池水を掬っては掛け返す。彼女の浴衣は、飛沫の餌食となり濡れて透けてきた。すっきりと伸びた細身の手と足、上向きに突き出た尻、出しゃばらずそれでいてふくよかな乳房がすっかり顕わになっていた。さらに、折からの月光が彼女の白き柔肌を浮き立たせ、眩いばかりであった。

二人の男女は、我を忘れ、一時ほども戯れたであろうか。これまでに味わったこともない歓喜に酔い痴れた豪造は、別れ際、無上の寂しさに見舞われたのである。彼は、恥じらいも捨て稚児のように哀願した。

「明日の晩も、今宵のように蒸したなら、ここで、この刻限に、また二人で水遊びをしよう。俺は必ずここに来るから、君もこの場所で待っていてくれ。俺の名は豪造《ごうぞう》っていうんだ。よかったら君の名も聞かせてほしい」

「私如き卑しき女人などがおのれの姓を名乗るは、誠に痴《おこ》がましい限りと存じますが、私は蓮仍《れんにょう》と申します。景勝として名高いこの大池には、数日前より父と静養に来ております。私も明晩お待ちいたしております」

かくも単純な口約束を交わし、二人は別れた。

そして一夜明けたこの日は、昨日に増して朝から陽光の勢いは止まらず、蒸し暑い一日を予感させていた。

豪造は、夜遊びが高うじて、満足に寝てもいなかったが、そこは若さに任せ、朝から張り切って仕事に出ていた。しかし、生まれて初めて体験した女人との遊びに、気は高揚し、ろくに仕事が手につかない有様であったのだ。

その日は、職場より百間ほど離れた小間物屋の畳替えであり、一つ上の兄弟子の小禄《ころく》と一緒に親方の共をしていた。

三代も続く小間物屋だけあって屋敷の造りは豪勢で、敷内に四つの間があり、合わせて五十畳もの畳替えを頼まれていたのだった。これを二日で熟《こな》す約束となっていたために、一日の仕事には切れ目はなかった。

初日の今日は、三十畳の入れ替えを目論み、大八車に十五枚の畳床を載せ二往復。

店の脇に造り場を設けて仕上げる。藺草《いぐさ》香る畳表を縫い付けて、商家に相応しい飾り気を殺した漆黒の畳縁《たたみべり》で締めるのだ。そして、残りの二十畳は明日一回での仕事とした。


ところが、この日の豪造は、兄弟子の言うことには上の空。

「豪造、ここの角んとこに、待ち針を打っておいてくれ」

やけに弾んだ仕草で動きが速い豪造、言われぬ前に手も足も出た。

「がってん兄さん、もうちゃんと打ってますぜ」

小禄は、その仕事を見るなり豪造を叱り飛ばした。

「お前、何年、畳替えを手伝ってんだ。待ち針と敷き針の区別もつかんのか？　打った場所も見当違いだ。今日のお前はどうかしてるな」

「すいません兄さん。待ち針は、ここにちゃんと打ち直しますで」

豪造は弟子入りして早五年、覚えが遅いのが玉に瑕《きず》であったが、それでも会得したものは決してへまをしないのが取り得であったはず。しかし、今日の豪造ときた日には、人の話をろくに聞きもせずに、早とちりの先回りを繰り返し、失敗を連発していたのだった。

堪り兼ねた兄弟子の小禄が親方に忠言した。

「親方、豪造の奴、朝から変ですぜ。何だか訳の分からない女の名前をブツブツ唱えやがって、ちっとも仕事に身が入らねえ」

畳表を縫い付けていた親方は、黙って豪造の様子を窺った。確かに、小禄の言うように、何やらにやついていてブツブツと独り言を呟いている。

「豪造、今日のお前では仕事にならん。早く家に帰って頭を冷やせ。明日は、まだ二十畳の納めが残っておる。明け六ツ（午前六時）には仕事場に来て、道具を磨いておけ！」


長屋へ帰り着いた豪造は、昼を過ぎる頃になると、身も心も浮き足立ち、人が夕膳を囲む頃合いになるまで、そわそわしながら時を待った。日がとっぷりと暮れるのを見て外に出た。

夜が進むにつれ、人の往来はまばらとなる。今宵も池の縁にある例の柳が聳《そび》える小高い丘に辿り着いた。さすがにこの刻限では、この辺りに人影はない。彼は昨晩と同じ場所に立って女人を探した。

生憎、月は陰っていて池面は黒く静まり返っていた。昨晩はきっと狐に騙されたのだろう。こんな虚けの俺を相手にする物好きな女なんかいるはずもない。今頃、阿漕《あこぎ》な狐の奴は腹を抱えて笑っているに相違ない。そう思って引き返そうと意を決した時だった。池上の闇から声がした。

「ごうさん、ごうさん、また私とお遊びになってくださいまし。今日もとても蒸し暑い晩ですもの」

「あっ。蓮仍さんだね。俺の名を覚えてくれていたんだ。約束通りここに参りました。もっとはっきり姿を見せてください。お願いします」

今晩、彼女は胸まで浸《つ》かる深みの所で、しっぽりと体を沈めていた。この暗がりの中では、その影がほとんど見えなかったのだ。今宵の月は十三夜であったが、空は厚い雲で覆われていて見通しが悪かったからだ。ところが今、ようやく、重々しい雲の一角に切れ目が生じ、その合間を縫って満月に近い煌々たる月明かりが池水目掛けて一直線に差し込んできたのだった。

蓮仍の姿は、昨日見たよりも数段輝いて見えた。豪造もとっぷりと胸まで浸かり、戯れた。彼女の動きは速かった。豪造に向かって誘いの手招きをする。にっこり笑って彼が後を追うも、巧みな泳ぎであっさりとそれを躱《かわ》して別の場所から顔を出す。そのような具合で一向に掴まらない。

夜通し遊んだであろうか、豪造はいつ、どのように長屋の木戸を開け、帰り着いたのか覚えてはいなかった。木戸の番太郎は爺さんであったから、寝込んでいて気付かなかったのかもしれないが。とにかく、体は浴衣もろともびしょびしょに濡れていて、お陰で部屋中が水気を吸って湿っぽく、何やら部屋一杯に生臭い匂いが立ち込めた。

翌日、豪造は、かつて覚えのない倦怠感に襲われ、朝から何のやる気も起こらなかった。前日に親方から、

「明け六ツまでには仕事場に顔を出せ」

と念を押されていたのにもかかわらず、断りもなしに、仕事を休んでしまったのだ。豪造が畳職人として弟子入りをして五年となるが、このような失態は一度として犯したことはなかった。


畳屋の親方は厳しい人で通っていた。物覚えの悪い豪造の仕込みには手を焼くことが多かったが諦めてはいなかった。器用さを武器に様々なところで手を抜き速さを誇る者よりも、豪造のように多少覚えが悪くとも、言われたことを頑なにやり通す者は、必ずや信頼される職人となる。そう信じていたからである。

ところで、畳職人が使用する道具には、針だけでも敷き針、待ち針、縫い針、相引き針等多くを数え、包丁の類に至っては大包丁、小包丁、框包丁、落とし包丁等、切

りがない。豪造は、一人前になるために心構えが大切であると、職人の魂であるこれらの道具を磨いて整えることをとことん叩き込まれていたのであった。

一緒に弟子入りした仲間には寺社や大店《おおだな》の畳替えを任される者もいたが、豪造は僻《ひが》んだり、落ち込んだりするようなことはなく、黙々と自らの職分を全うする風情であった。

三年先輩に伝助《でんすけ》という兄弟子がいて、既に店を構える話まで出ているというのに、生来の虚け故、羨ましいと思うでもなく、むしろ尊敬する兄弟子の出世を喜ばしいこと、晴れがましい話といった感覚で捉えて、心の底から祝っていたのである。

「豪造という奴は、虚けかもしれぬが、だからこそ妬みも嫉《そね》みもない純粋な奴なんだ」

兄弟子の伝助はそのように感じていて、豪造が親方の門を叩いた頃よりいじらしく思い、何かと可愛がり面倒を見てきた。そしてこの日、彼が断りもなしに仕事を休んだことを大変訝って、自分の仕事を手早く切り上げ、その日の夕刻に豪造を見舞ったのである。


西日が強烈に差し込む豪造の居は、今夕もひどく蒸れていた。とりわけそこここから何とも言えぬ生臭い匂いが立ち込めていて伝助の鼻を突いた。彼は、思わず袂《たもと》に入れてあった手拭いを取り出すやそれで顔面を覆い尽くし、催す嘔吐と戦った。

豪造は部屋の中央で大の字になって死んだように横たわっていた。寝巻きとも外着とも区別のつけようがない浴衣を着てはいたが、どうしたことか、それがしっとりと濡れていて、雫が滴り落ちるほどであった。正体もなく寝息を立ててはいるものの、眼球は夢でも見ているのか忙しなく動いていて、さらには、目の縁がえらく窪んで見えた。そして大きな黒い隈となってその輪郭を顕わにしていたのだった。

伝助は、豪造の身に起きているただならぬ異変をすぐに感じ取り、一刻も早く頼れる者に相談しなくてはとの思いに駆られた。そして今、彼が最も頼りにしたのは畳屋の親方に他ならなかったのだ。近くで遊んでいた長屋の小僧を捕らえて、すぐに伝令として走らせた。

伝助の連絡を受けた親方夫婦は、一目散に豪造のいる長屋に駆け付けた。そして醜態を晒して寝そべる光景を見るなり、二人は呆気に取られ、と同時にここだけが異質なるものに取り込まれているような空気を吸い込んだのである。そしておおよそを悟ったふうであった。

特におかみさんは、世俗の様々な出来事に精通し、この界隈では〝物知り〟で通っていた。おかみさんの見立てはこうであった。

「豪造の奴は、明らかに魔性のものに取り憑かれておる。この濡れようからして水に関係の深い何ものかであろう。このまま放置したなら体中の精気はすべて吸い取られ、ほどなくして死んでしまうであろう。一刻も早く憑きものを割り出して引き離すか、それが叶わぬ時は、その奴を殺傷せねばならぬ。彼の命は危うい」

長屋は隣同士、薄い土塀を隔てるのみ。話は筒抜けとなり、耳の早い長屋の連中は、上を下への大騒ぎとなった。しかし皮肉なことにこの二日間というもの、豪造の様子を見ていた住人は誰もいなかった。そこで今宵は、彼の行動を細かに観察し、取り憑いた魔性のものを割り出そうとの話に落ち着いたのである。

豪造が目を覚まして行動を起こす前に、畳屋の親方夫婦、兄弟子の伝助、さらには長屋の主だった連中は、彼の居の隣部屋に陣取って、事の成り行きを窺うこととなった。安普請の長屋というものは、壁は薄いし、所々に穴が空いていて観察するには御誂え向きである。が、普段はお互いに礼を重んじ、覗きのような下衆な真似を深く慎んでいた。しかし、今回は事情が事情、彼らの中でも好奇心旺盛である隣部屋の住人、六介が、一も二もなく自分の部屋を提供してくれたのだった。

皆は固唾を呑んで見守った。異常とも思える大きな鼾《いびき》を掻きながら大の字になって寝ていた豪造は、暮れ六ツ（午後六時）辺りに目を覚ました。そして俄かに起き上がり、わけのわからぬ言葉を発し始めた。

「蓮仍、蓮仍、我の愛しきお方、蓮仍殿、今夜も暑うなりました。暑うて暑うて身も気も焦げる。どうかお前の優しい胸で火照った俺の頬を冷やしてやっておくれ」

隣の部屋でじいっと聞き耳を立てていた一同は皆、顔を見合わせた。

「豪造の奴、どこぞの女子《おなご》に身を窶《やつ》しておるようだ。名は〝れんよう〟いや〝れんにょう〟とか言っておったか。この女がどのような者かは知れぬが、いずれにしても豪造をすっかり虜にしよって、奴の精気を吸い尽くそうとしていることは確かだな。果たしてこの女、本当に人間様かは分からぬぞ。もしかして……」

と疑問を呈したまま親方は口籠った。その時、誰もが同じことを想像したのだろう。しかし「もしかして……」の後を続ける者は一人としていなかった。口に出すのも憚れるような、何とも悍《おぞ》ましいことを同じように考えていたに違いなかった。

豪造が寝癖の付いた髪を梳《す》き直し、簡単に身繕いをして、そのまま湿った生臭い浴衣を引っ掛けて長屋を飛び出したのは宵の五ツ（午後八時）を過ぎていた。隣でこの様子を窺っていた皆は、彼に気付かれぬようにと十間ほど離れてその後に続いた。長屋の明かりが丁度行燈の灯と見紛うほどに遠ざかった辺りで、眼前に大きな柳の木を頂く小高い丘が迫りきた。すると、ぴゅーとの声を上げて一陣の風が吹き抜け、それに煽られてか柳のしなやかな枝が大きく揺れたのだ。それから一旦、そこは静まり返った。すると、

「ごうさん、ごうさん」

鈴音のようなか細い女の声が誰の耳にも留まった。しかもそれは、何と池の方から発せられたような気がしたのだった。

十四夜の月光はまさに明るかった。浅葱色に紫桔梗の花模様、何と慎ましくも奥行きのある彩であろう。漆黒の長い髪、光を返して銀色にきらめく白い肌、切れ長の涼しい目、細く伸びた黒い眉、その中央よりすっきり際立つ小高い鼻、桜の花弁を彷彿とさせる薄紅色の唇、そしてその面立《おもだ》ちを引き立たせるに余りある均整の取れた見事な肢体。そこに居合わせた者たちすべてが、降臨してきた天女を目の当たりにしたのである。豪造であろうがなかろうが、男であれば誰しもが一目惚れをしてしまうほどの美しさ、それだけでも魔性のものと呼ぶに相応しかった。

彼女は、胸の開《はだ》けも構わずにひとしきり豪造と戯れていたが、彼以外の気配を遠くに感じ取ったのであろうか、

「ごうさん、今宵は、いつもと様子が違うございます。誰某《だれがし》かが先ほどより私たちを

見ているような気がしてなりません。お遊びはやめにして、もうお帰りになったほうがよろしゅうございましょう。でも明日は十五夜。きっと良いことが起こるはず。必ずや、同じ刻限にここに来てくださいませ」

　豪造が深く頷くのを確認するや、その天女は、池から跡形もなく消え失せていた。当惑した豪造は、池の中ほどから縁に至るまで何度も見回していたようだが、蓮仍の姿がどこにも見当たらないと悟るや、彼女の放った言葉を噛み締めながら、抜け殻のようになったその体を引き摺るようにして長屋に引き返した。皆もそれに続いた。そして豪造は、濡れそぼつ体を拭う気配も見せずにそのまま寝入ってしまったのである。

　豪造のこの様子を一番心配したのは、兄弟子伝助であった。そして今まで誰もが疑念を抱きつつも、どうしても口に出すのを躊躇《ためら》っていたものを彼はついに吐き出してしまったのだった。

「親方、おかみさん、俺は今までに一度だって迷信や言い伝え、ましてや怨霊の類などを信じたためしがない。しかし、今晩この目で見たものは、この世の道理ってものから外れっちまっている。豪造の奴は、きっとこの大池に棲まうとんでもないものに取り憑かれちまっているんだ。子どもの頃、漁師から、あの池には人間の体よりもでかい大鯰《おおなまず》がおって、人を騙くらかしては食ろうてしまう、との話を聞いたことがある。

きっとその化け物に魅入られてしまったに違いない。どうしてあんな純な男を誑《たぶら》かそうとするのか。おら、断じて許せねえ」

伝助の収まらぬ気焔をいくらかでも冷まそうと、博聞なるおかみさんが冷静な口調で語り始めた。

「この世のすべての生き物には、天寿といって神から授かった寿命というものがあっての。ところが、それぞれの類の中にあって、本来持つべき寿命を遥かに超えても生き続ける変わり種が出現することがあるらしい。老いを司るどこぞの要素が欠落しているのか、年を取らない。その奴が霊気を得て魔性のものとなるという噂じゃ。だが、そんなに驚いてばかりではおられんぞ。このような話は、古くからこの国のあちこちで伝わるところじゃからな。そうは言っても、かく言う儂《わし》にしても、実際、そのようなものには、お目に掛かったことはない」

「おかみさん、すると池で見たあ奴もその類か何かなのでは？」

と、伝助が詰め寄った。

「ところでじゃ、昨晩、豪造と戯れておったものの様子は確かにまともではなかったな。夜の夜中、池の中にあのような美しい女人が現れるはずもない。儂《わし》も魔性のものに間違いないと思うのじゃが、もしあれが鯰の化身であったなら、人間様と変わらぬ巨体故、優に一世紀以上は生きていようのう。そして明日は十五夜じゃ。雌鯰は、望月の晩に、雄と目合《まぐわ》い子種を得るという。きっと、豪造の若々しい精をすべて吸い尽くし、何ものにも邪魔されぬ深き静かな池底で、産卵をする算段かもしれぬな。哀れ、雄というもの、精を抜かれてしまったら最後、すぐに寿命が尽きてしまう。そして雌に食われて亡骸一つ残らない。人間大の大鯰の歳ともなれば、これが最後の繁殖の機会かもしれぬ。人間様と他の生き物が睦み合って子を宿すなど、普通であれば叶うものではない。そのような悍ましいことは、あってはならぬし、第一、神や仏が許しはしない。

ただ恐ろしいことに、洋の東西を問わず、かくの如く産まれし不遇の生き物は、神話や伝説となり様々な形で歴史に刻まれてきた過去がある。身近なところで、儂《わし》らのご先祖様も見たり聞いたりしておったかもしれぬ。しかし、このような禁忌なるものの存在は、世間での風評を案じて、ひた隠しにされてきたのであろう」

これを聞いて伝助の気は収まるどころかますます上気した。足元にだらしなく横たわる豪造に目をやると、

「豪造よ、あのような化け物に魅入られ何と運のない奴だ。わけも分からぬまま鯰の餌食にさせる訳にはいかねえ。俺がきっとお前を救い出し、正気に戻してやる」

すると一緒に成り行きを見守っていた隣部屋の六介が口を挟んだ。

「皆さん。確かに豪造の奴は可哀相とは思いますが、相手が本当に池の主といわれる大鯰となれば、明らかに魔性のもの、そのようなものを、痛めたり、殺生したりしたならば、祟りでも起きはしませんかね？　鯰が怒って安政の大地震並みの大揺れを引き起こすんじゃ。豪造には気の毒だけど、生贄に選ばれてしまったと思って、ここは一つ静かに見守るのも手かもしれんすよ」

伝助は真っ赤になって反論をした。

「豪造は確かに、虚けで底抜けのお人好しだ。いつだって人を信じて疑わない。あいつは、たとえ誰かにからかわれようが、意地悪をされようが、相手を責めることはしなかった。だから鯰に精を抜き取られ、挙句の果てに食われてしまっても決して恨むようなことはないだろう。

だからこそ、俺は奴が不憫でならねえ。俺にとっては、いつだって大切な弟分なんだ。断じて豪造を化け物から救い出す。この命に代えてもな！」

伝助の思いの丈を聞いて、親方は黙って頷き、決意を示した。

「伝助の豪造への思い、そして六介さんの言いたいこともよう分かった。ただ、儂らは、この先どのような天変地異が起ころうとも、今この眼前で人の命が奪われるような災禍を知って、それを黙って見過ごすわけにはいかない。どうだみんな、豪造を魔性のものから取り戻そうではないか。好機は十五夜の今晩しかない！」

皆の目が同じ色に輝いたことを確認した親方は、さらに的確な指示を与えた。

「伝助、お前はひときわ大きな投網を用意しろ。特に頑丈なやつを、並みの物では役に立たん。すぐに破られてしまうからな。強靭で十畳ほどもある物がよい。すれば、投げ方も尋常ではなかろう。持ち主の漁師からしっかり教えを乞うてこい。六介さん、貴方には銛《もり》打ちの名人を連れてきてほしい。巨大な獲物を仕留めるに十分な強固な銛とそれを放つ近在きっての剛腕なる者を二名ほどな。そして奥は、隣町、妙江寺の和尚に懇願し、助力を求めてみよ。何でも万物に慈悲深く、徳の高いお方との評判だそうだ。お前がこれまでの経緯を説明すれば、きっとご援助を惜しまないだろう。お経をあげて頂かないことには魔物だって成仏できないだろうからな……」

多用な折は、時の経つのが早いもの。皆がそれぞれの用を担って奔走し、準備が整った頃には、日もすっかり傾いていた。

さて、肝心の豪造はというと、戌の刻（午後八時）になっても動こうとはしない。豪造を救い出す手立てが整ったにもかかわらず、当の本人は寝入ったままで少しも起きる気配を見せなかった。彼が虚ろな目をして飄然と立ち上がったのは、亥の刻（午後十時）を過ぎた辺りであったろう。皆の心配をよそに、池に向かって頼りない足取りで、ひたすら歩き続ける彼の姿を無欠けの月が煌々と照らしていた。

異様であったのは、彼の後ろに、決して気取られぬようにと細心の注意を払いながら、親方を先頭にして彼を案ずる総勢七人もの人間が列をなして連なっていたことである。しかも大きな投網を抱える者、強固な銛を握る者までいて、殿《しんがり》には、坊主が経を唱えながら続いている。この勇ましくも異様な連中が日中にでも練り歩こうものなら、たちまち、お役人に呼び止められ、咎められたとしてもおかしくはなかったであろう。

一同が、例の柳の丘まで達した時である。何を思ったか、先を行く豪造は、急に身に着けていた浴衣を脱ぎ捨て、褌《ふんどし》一丁になって池に飛び込んでいった。何と、そこで彼を待ち構えていたのは、これまた一糸纏わぬあられもない姿で、浅瀬に忽然と現われた美しい女人であった。

澄み渡る夜空に昇った望月。そこより放たれし煌々たる光を一身に受けた裸体のあまりの美しさに一同は息を呑んだ。誰もが一瞬、呼吸すら忘れてしまった。月明かりの下での妖艶なる裸体は抜けるような白さを際立たせていた。しなやかな緑の黒髪が水面に棚引いた。そして優しく微笑んだその姿からは間違っても鯰を連想することはできなかったのだ。かくも美しき天女に向かって誰が牙を剥《む》くことができようか。一同は石のように固まってしまい、しばし、この天女と虚けとの戯れを、ただ呆然と眺めているしかなかった。

するとするたる月に向かって一羽の不如帰《ほととぎす》がけたたましく鳴いた。それはまさに機が熟したことを告げる合図でもあったかのように。その時だった、虚けの背中に、六尺はあろうかと思われる大鯰が伸し掛かろうとしたのである。よく見れば、それはそれは大きくて長い髭を幾つも口周りに蓄え、それをくねらせ大波を作る。次の瞬間、分厚い胸鰭《むなびれ》を池水に叩きつけて水飛沫《しぶき》を上げながら大きく跳ねて、虚けに飛び掛かった。それから顔の倍以上も広げた口で彼の足を銜《くわ》え込み、そのまま深みへと引き摺り込もうとした。それはまさしく、この大池の主、百有余年を生き抜き未だに威勢を放つ魔性の大鯰に相違なかった。

いち早く正気に戻った親方は、皆に向かって号令一下。

「かかれい〜」

この轟く声で我に返った伝助は咄嗟におのれの役所《やくどころ》に目覚め、頑丈で大きな網を勘《かん》所《どころ》と思しき水中の湧き立つ無数の泡目掛けて投げ放った。そこは二人が絡み合って、淫泡を立てていた所だからである。

「豪造、目を覚ませ！　この網に掴まれ！　深みにはまるな～」

二つの大きな塊が網の中でもがく。もちろんその一つは虚けの豪造であり、もう一つは、紛れもない彼の体躯を上回るかの巨大な鯰であった。控えし二人の銛打ちは、動き回る虚けに当たらぬように細心の注意を払いながら、渾身の力で次々に大銛を打ち放った。うち、一つの銛が見事に命中し、魚体の背に深々と突き刺さった。

「よし、ぶっ刺さった！」

剛腕なる銛打ちの一人は的確に獲物を捕らえていた。

「銛はまだあるぞ。どんどん打ってくれ」

段取りよく親方は冷静に指示を出す。すると初めに仕損じた片方の銛打ちが、今度は見事獲物に的中させた。

「どうだ、化け物。恐れ入ったか」

傷口から迸る鮮血は、雷雲が晴天を黒々と覆い尽くすが如く、大池を赤黒く染め広げていった。和尚は、あまりの恐ろしさに、しばし腰を抜かしたが、気を取り直して必死に経を唱え続けた。

「南無妙法蓮華経、南無妙法蓮華経～」

読経は池面を震わし、細波《さざなみ》となって大池の隅々まで広がっていった。

手負いになった大鯰は、それでも通常の二倍の太さもある大網を引き千切って逃げ出したのだ。左右の背に二つの大銛を受けても鯰の動きは止まらなかった。池の底へ底へと深く潜っていく。

「化け物め、手負いのくせになんて力なんだ……」

どす黒い血煙がその後からもくもくと水面目掛けて舞い上がった。けれども、銛の下には頑丈な綱が付いていて、獲物にそれを見事に突き立てた二人の名手は、その引き綱を手繰り寄せ始めた。

「よし、手応えはあるぞ！　次はこの綱で引き上げてやる」

しかし六尺もある大鯰、その力は絶大であった。銛打ちの両手は引き綱にひどく擦られて、みるみるうちに皮が削げ落ちて真っ赤に染まった。我慢の限界に達しようとした時だった。初めに射抜いた一人の銛打ちが機転を利かせて皆に声を掛けた。

「おおい、手を貸してくれい！　この大鯰、我々二人じゃ手に負えん」

目敏《めざと》き親方は、状況を察した。

「みんな、銛打ちに加勢しろ！　手分けして綱を引っ張るんだ！」

そこにいた親方、伝助、六介、さらには、おかみさんに至るまで、二手に分かれて双方に加勢したのだ。格闘は半時も続いたであろうか、ようやく大鯰の動きが衰え、息の根が止まった。そしてその巨体が池から引き上げられて、十五夜の明光の下に晒された時、そこに居合わせた者すべてが、この大鯰の醜悪なる正体を目の当たりにしたのだった。一同、足の震えが止まらない。それはまさに百年を超えて生き続けてきた〝大池の主〟の命が、今ここに潰《つい》えたという哀れにも似た感情の成せる業であった。

そのものの顔には、長い時を経て、この大池に棲まう豪胆極まりない生き物たちとの戦いを勝ち抜いてできたと思われる深い傷跡が残っていた。その幾つかは、そこから肉塊が隆起し大きな腫れ物と化している。その腫瘍のため、この世にこれほど醜い魚がいようかと思われるような御面相となっていた。地上の生き物をいとも容易く押し潰すという暗黒の深海で、独自の進化を遂げたといわれるえらく恐ろしい形相の深海魚ですら、この鯰の化け物に比べれば遥かに秀麗に見えたに違いない。とりわけ、伸び放題の髭に至っては、本体が静止してもなお、相手に掴みかからんともがき回り、とうとう最期は、銛打ちの手に絡みついたところを彼の小刀に突かれ絶命した。

しかし、いくら醜いとは言っても、百年を超え生き永らえてきたものには、どことなく周りを圧する威圧感があり、その神秘さの中に改めて畏怖の念を抱かずにはいられなかった。そしてそのものの腹は、今、幾万もの卵を抱え、まるで大きな風船のように膨らんでいた。十五夜の今宵、虚けの若い精をもらい受けて産卵をする算段であったのだろう。

「もし人との交わりによって悍ましき鯰の子がこの池に繁殖でもしたら……」そのように考えただけでも身の毛がよだつ思いであった。

一方網にかかった虚けは、傷一つ負うこともなく無事に岸に引き上げられ、おかみさんの応急の手当てのもと、やっと息を吹き返すことができた。

夜が明けると親方一行は、和尚の知る所で、大池のはずれにある小さな墓地に鯰を運び手厚く葬ることにした。墓地に着くと親方は、後の腐臭を防ぐため、腑分けを試みた。銛打ちの一人に頼んで腹を掻っ捌《さば》いたのだ。すると奇妙なことに大きな胃袋の中からは、消化しきれずにいた形の良い女の頭蓋骨と長い黒髪が出てきたのである。そして目敏いおかみさんは、黒髪に絡まっていて人目から零《こぼ》れてしまうすんでのところで、胎児ほどの小さな頭蓋骨を発見したのだった。

一同は、魔性の大鯰、それに飲み込まれた女人、さらには見過ごすところであった小さき子ども、それら全員の亡骸を手厚く葬った。三つの命の因果を思い描いてか、各々が目を閉じ、深々と頭を垂れ両手を合わせて念仏を唱えた。

ところが親方は、手を合わせて念仏を唱えているうちに、前の月、自分が、隣町にある呉服商の大店で畳替えを請け負った折、その町で評判となっていた美人画を一枚、礼金と一緒に頂き、その絵に纏わる話を伺ったことを密かに思い出していた。

おのれは大厄をとうに過ぎていたし、若い娘にそれほど興味も湧かなくなっていた。それにかみさんの手前もあって、その一枚は確か箪笥の引き出しに入れていた。そして、それは今でもその奥で眠ったままになっているはずであった。池で天女を思わせるような美しき女人と遭遇したためであろうか、ふと、その美人画のことが気に掛かったのだ。


江戸の治安の維持は優れ、それは東から西に至るまで、各在所に及ぶところであった。中央にある親方の居住地はもちろんのこと、川向こうの隣町を含む大池一帯の地域においても、物騒な出来事はほとんど起きてはいなかった。そのような折、隣町よりさらに東に行った農村地域で、若くて評判の娘の神隠しがあり、大きな話題となったのだ。しかし生憎なことに、一つ川を隔てると、それを知る者は片手に余るほどしかいなかった。縁あって仕事を請け負い、隣町へ出向いた畳職人の親方は、出先の主人からその話を聞いて、経緯《いきさつ》を耳に入れたごく限られた者の一人となっていたのである。

話題の主は、東部に広がる農村地で古くから代表を務める名主の一人娘で、この世に二人といないような器量の持ち主であった。江戸や大坂ともなれば人も多く、巷で評判の美人を数多く輩出したものであるが。

「ようよう、皆の衆ったら皆の衆。耳の穴をかっ穿《ぽじ》って聞くがよい、聞くがよい。この世に美人は多けれど、谷中の笠森お仙も名主の娘にゃ敵うまい」

行商で各在所を回る若い薬売りが、浅草詣での序でに寄った谷中笠森稲荷。その赤鳥居の前に建つ水茶屋のお仙は、今や東男《あずまおとこ》の間では、当代随一の美人と持て囃される。そんなお仙を直に拝みきて、名主の娘をそのように持ち上げたものであるから、噂が噂を呼び、街中の若衆がこぞって物見遊山よろしく名主の屋敷に押しかけた。何の用もなく人の敷地には入れぬものだから屋敷周りの垣根越しから列を成して覗く始末。離れにある厠へと娘が立とうものなら、

「美しき名主のお嬢さん、どこへお出ででござるかな。きれいな尻から何出てござる」

と、下品な冷やかしと口笛が飛んでくる。堪り兼ねた家主が町奉行配下の同心に依頼して、不躾な連中を追い払ってもらうことも数知れず。それほどまでに評判の娘で

あったので、遠く隔てた町村からも、ぜひ嫁にとの申し入れが後を絶たなかった。江戸にあって、鈴木晴信が好んで笠森お仙を浮世絵に描いたように、晴信を気取る下町の絵師たちも挙《こぞ》ってこの名主の娘を画題とし、町の版元も彼女を口説くに余念がなかった。

そのような折、名主の娘に急な縁談話が持ち上がり、許婚《いいなずけ》まで決まってしまった。その相手というのは、娘からすると、どうも自分の思いに見合った男ではなかったらしい。むしろ、疎ましさを感ずる類の者であったのだ。娘は頑なに祝言を拒んでいた。

実は、それには深い訳があった。彼女には、心を通じ合った若者がいたからである。その者の名は、郷吉《きょうきち》といって、娘が幼少の頃より名主の家で使用人として仕えていた。取り立てて男前でもなく、仕事の手際もいま一つであり、これといった取り柄があったわけでもないが、誠に謙虚で誠実な男であって誰からも好かれていた。娘とは俗に言う幼馴染みであったのだ。

さて、童の折は、男と女を分かつ意識は低きもの。組んず解《ほぐ》れつ、取っ組み合って遊ぶのも平気であるのだが、年を重ねていくうちにお互い〝はにかみ〟が生じて距離を置く。そしてどちらかといえば、女のほうが早くませては、その隔てを縮めるものだ。

年頃になると、むしろ娘のほうが誠実極まりないその者を追い慕うようになっていった。使用人の中に同じ呼び名の京吉《きょうきち》という者がおったので娘は二人を分けて郷吉の方を〝ごうさん〟と呼ぶのが常であった。特別な呼称を頂いても郷吉こと郷（ごう）さんは、常に控えめで謙虚であった。身分の違いを弁《わきま》え、追いすがるお嬢様を窘《たしな》めながら距離を保つのに必死であった。「つれなくされればされるほど、募る思いの恋心」とはよく言ったもので、娘はますます郷さんに言い寄った。年若い男盛りの郷さんこと郷吉は、燃え盛る情欲と倫理との狭間で一人もがき苦しんだ。

ところで、ここ田畑を有する東部一帯は、昨年も今年も思うような雨に恵まれなかった。二年続きの凶作となり、地元の百姓は、年貢を納めることもままならず、その上今年は、流行病《はやりやまい》にも襲われた。民は飢えと病で、すっかり疲弊し切っていた。不毛の田畑に蓄えた米も作物も底を突く、年貢の工面に妙案もない。しかし毎年必行である年貢の上納。その期限に待ったはない。

不毛の収穫を終えると、名主は、恒例となっている米蔵の俵検分を郷吉に命じた。とにかく、師走に入る前には俵数の確認をしておかねばならなかった。郷吉が、今や鼠も寄り付かぬ閑散とした蔵に入ると、名主の娘も気付かれぬように彼の後に続いた。一緒に潜り込んで中から扉の鍵をそおっと閉めたのだ。薄明かりの中で、絶世の美女は肌襦袢一枚の姿で立っていた。「ごうさん」、「お嬢様」、交わした言葉は、お互い、相手を呼び合った、たったの一言。彼らに、それ以上は必要ではなかった。検分するまでもないわずかな米俵、戯れるに十分な広さとなった蔵から、二人は半時経っても出てこなかった。

そして、その後の二人は、人目に付かぬようにして度々逢瀬を重ねるようになっていったのだった。

しかし、ふと湧いたように彼女に結婚の話が持ち上がった。様々な憶測が飛び交う中、事は矢のように迅速に進んでいった。なぜなら名主が家運を分かつこの慶事をまとめるために、泣きすがる愛娘を説得し、事を急いだからである。

さて、許婚は、名を繁吉《しげよし》といってこの界隈でも随一の大店で知られる油問屋の跡取り息子で、郷吉より五つ上の三十路であった。色街の遊女相手に現《うつつ》を抜かし、今までに持ち上がった縁談話には全く気も寄せず、この歳になっても独り身の放蕩暮らしに、望んで身を置いていたのである。

彼は生まれつき性根が曲がっていた。その上、幼き頃より家の者たちから甘やかされて育ったせいであろうか、歳を重ねるほど、性格の歪みが目立つようになった。店の使用人たちをいたぶって遊ぶのを一番の楽しみにしていたらしい。

奉公に上がったばかりの丁稚を捕まえ、

「幾どん、今日は、終日お疲れ様、美味しい水を汲んだから飲んどくれ」

「おえっ、わ〜まずい、若旦那、これ行燈の油ではないですか？」

水と偽り行燈の油を飲ませて笑い飛ばす。

ある時、手代を階段下に呼び出した。

「定吉や、私の荷物を二階に上げるのを手伝ってくれないか？」

「ようござんす。ちょいとお待ちを。今参りやす」

と、手代が下まで来ると、段の途中から熱い油が一杯入った手持ちの瓶《かめ》をひっくり返し、大火傷を負わせたりしたこともあった。繁吉の親である店の主は、定吉を奉公に出した里の親に見舞金を渡したようだったが立場の違いを笠に着て、それもほんの申し訳程度で済ましたそうだ。

さすがに、床に油を撒いて初老の大番頭を滑らせて大怪我を負わせた時は、父親から大目玉を食らったらしい。しかし持って生まれた性向は改まるものではなく、度を過ぎた悪戯は日常茶飯事であった。心がそうであれば、それが自然と外見に表れるもので、彼の御面相は、ますます醜悪となっていった。

するとと世間では、

「あのように秀麗で気立ての良い娘を、よくもあんな醜くて性悪な油問屋の倅なんかに嫁がせるもんだ」

「いやどうも名主さんは大きな借金をこさえたらしい。立派な人に見えたが、実は博打が好きで、女好きだったりして、それが高じて首が回らんようになったんではなかろうか」

そのような根も葉もない醜聞が広がった。

しかし、名主は、そのような身持ちのだらしのない人間では全くなかった。それどころか、高徳の持ち主であったのだ。そのことは、彼の世話になった近郷近在の百姓であれば、誰もが信じて疑うものではなかった。


この二年間、関東一円は夏季に雨が降らず、旱魃《かんばつ》となった。今年も米や畑の作物は穫れなかった。二年続きの凶作に百姓は年貢米を納めることができず、名主に泣きついたのだ。しかし年貢の取り立てにおいて定免法《じょうめんほう》を施行するこの地では、上納に少しの温情もなく、彼は、代官と百姓との間に挟まれて苦悩した。それでも口減らしや娘の身売りに走る百姓家を見捨てるわけにはいかなかった。蔵に置いたなけなしの備蓄米を統治下の百姓に分け与えてしまったのだ。お陰で、代々続いた名主の身代は、もはや、風前の灯となったのである。

「苦しさは、人の肥やしなり。進んでこれを取り込み耕やさん。すれば、実のある人となる」

この言葉は、代々名主を続けるこの屋の家訓であった。今の主もそれを受け継ぎ、いつしかおのれの行くべき道を諭す信条としていたのである。

日頃より、そのような父の生き様を傍で見てきた聡明な娘は、泣くのをやめた。父親の苦しい立場を一番察する者であったからだ。断腸の思いで発せられた父の切なる頼みに抗うことなど到底できるものではなかったのだ。恋い焦がれる郷吉への思いを断ち切って、娘はついに見合いをすることを決意した。

この町一番の老舗料亭で互いの両親と共に二人の見合いが行われた。油問屋の放蕩息子は目の前に座した名主の娘を一目見るなり惚れ込んだ。普段から、彼が戯弄《ぎろう》目当てにちょっかいを出す場末の遊女とは比べるのも憚れる、気品と聡明さを兼ね備えた麗人であったからである。酒が進むと、彼の仮面はすぐに剥落し、地金が現われるところとなった。遊女と戯れるいつもの癖が出たのであろう。大胆にも親の見ている前で、娘の手を握るや間近に手繰り寄せ、果ては愚にもつかない艶話を聞かせて、自ら笑って見せた。さすがに、これには娘本人は言うに及ばず双方の両親も呆れた。この時名主は、憐憫の情を催し、血の涙を流したという。娘は、非礼極まりない眼前の男を見て、自らの生涯を捧げる者では決してないことを悟ったのである。

見合いがあってからというもの、郷吉はもったいなくもお嬢様の柔肌の温もりを思い出しては、ひとり肴《さかな》もなしに安酒を呷った。

「あいつは油問屋の若旦那じゃなく、馬鹿旦那だ。これじゃあ、お嬢様があまりにも可哀相過ぎる。ちくしょう」

しかし、郷吉は、この家の事情を察してか、あえてお嬢さんと距離を置くようになった。屋敷の中で甲斐甲斐しく働く郷吉の姿を見るにつけ、彼女はおのれの不運を呪わずにはいられなかったのである。そして、辛くて憂鬱な日々が何日も続いた。気の病は体の病を引き寄せる。彼女の健康は日に日に衰えていった。ところが病を加速させた原因はどうもそれだけではなかったようだった。

祝言の日取りを告げられた晩のこと。土間に行き、夕餉の支度に取り掛かろうとした折、飯釜から白く立ち上る湯気を吸いこんだ彼女は、急に気持ちが悪くなり外に出て思い切り吐いた。この時、初めて今までになかった体調の変化に気付いたのかもしれない。自分の体の中で起きている変化も含め、今後の行く末を思い悩み、毎晩のように枕を濡らしていたという。

そしてとうとう、祝言となるその前日に、名主の娘は忽然と姿を消してしまったのである。

両親も郷吉もただただ、呆然自失。すべての気力を失ってしまった。

思いも寄らぬ娘の失踪に相手方である油問屋は怒り心頭に発し「違約金を払え」とまで言って詰め寄った。

すると恩義を抱く周りの百姓が「お嬢さんは、神隠しに遭われたんだ。どうしようもないことだ。一番心を痛めているのは名主様じゃないか！」と挙って名主を応援した。

油問屋とその息子も、この勢いには勝てず、引き下がるほかはなかった。その後、郷吉は、お嬢様の思いを断ち切らんと人一倍仕事に打ち込み、今も名主を支えているらしい。

百姓連中も皆で名主を盛り立てた。結果、身代は辛うじて保つことができたという。

しかし、残念なことに娘の消息は、未だに掴めていない……。

さて、魔性の巨大鯰の難を逃れて九死に一生を得た豪造はというと、息を吹き返してから三日三晩、眠り続け、四日目の朝になって、ようやく目を覚ました。おかみさんと伝助の手厚い看護の甲斐あって生気も戻り、再び働くこともできるようになった。ただ、面白いことに、あれほどまでに「蓮仍、蓮仍」と恋い慕っていた秀麗なる女人のそのほとんどの記憶は、すっかり外に逃げてしまっていたのであった。

時が流れて一カ月、大鯰と母子の亡骸を葬った月命日に、親方夫婦は伝助をはじめ、長屋の六介、銛打ちの二人、そして和尚様といった面々、そう、あの晩、虚けの救助に参じた者たちを招き、法要を兼ねた酒宴を催したのだ。

快気を果たした本人は、主客として呼ばれていた。和尚の読経が終わると酒が振る舞われた。酔いが回ってほどよく気が緩むと一人ひとりがあの日に遭遇した様々な驚きや恐怖、中には自慢話を披露した。そして宴も終盤に差し掛かった頃合いを見計らって、親方はおもむろに立ち上がり、奥の部屋へ行った。そして古い箪笥の引き出しの中から半紙に包まれた紙切れらしき物を取り出してきたのだ。

「これから皆にぜひ、見せたい絵がある。それは儂が以前、隣町の呉服商で仕事をした折に、礼金と一緒に頂いたものだ」

すると急に物憂げな面持ちとなり、声を落として先を続けた。

「この絵には、一人の女人が描かれているが、その者には悲しい物語があっての。彼女は家難を案ずるが故に好きでもない男のもとへ嫁ぐこととなってしもうたのだが、何と、祝言の前夜に忽然と行方知れずとなった。大勢の者が近隣を隈なく探し回ったのだが、結局見つからなかった」

銛打ちの一人は、大池すべてを漁域にしていたので、東部の農村地帯の噂話にも耳が早く、若き娘の神隠しの話を聞き齧《かじ》っていた。

「親方、それは名主の娘さんのことじゃないすか？」

「そうだ。実は、女には既に恋い焦がれる男がいてどうもその者の子を宿していたらしい。男の名は郷吉といったが、故あって女は郷吉の〝きょう〟を〝ごう〟と読み替え『ごうさん』と呼んで慕っておったそうじゃ。

そういえばうちの虚けも字は異なるが豪造。〝ごうさん〟と呼ぶは偶然の一致としても不思議な宿縁じゃ……」

そう言って真向かいに座る豪造に目をやった。彼はそのような話には全く興味がないのか、ひたすら、並んだ料理に舌鼓を打っていた。親方は、(豪造が虚けでよかった)、そう安堵の微笑みを浮かべた。

そして急に手にした紙を肩上まで高々と差し上げると、皆の眼前に翳《かざ》したのだ。それは、何百枚と刷られたごく普通の浮世絵の一枚であったのだろうが、極彩色に彩られた出来栄えは、それは見事であった。

果たしてそこには、浅葱色の地に鮮紫の桔梗花をあしらった浴衣を着た何とも涼やかで美しい娘が描かれていたのである。哀愁漂う微笑みは、月明かりの下、虚けと戯れていたあの艶やかな黒髪の娘に瓜二つであった。天女にも似たあの笑顔を誰が見紛うものであろうか。

そして画の下端には美人画にはお決まりの注釈が簡潔に記されていた。皆は、黙ってそれを読んだ。

『美人番付東の横綱　〝蓮仍〟』

それこそ、虚けが何度も連呼していた娘の名に相違なかった。

構造色

秋吉貴一《あきよしきいち》なる男、二十と一つ、世にも稀なる端正な面立ちの持ち主にして頭脳明晰、加えて運動能力も際立つなれば、尾を振りつつ近づきたる婦女子、後を絶たず。

さて、そのように憧憬の的なる男と、どこぞ遠国の田舎から出てきた粗野極まりない私は、不思議にも無二の親友なのである。

彼と親交を深めることとなったそもそもの切っ掛けは、大学のテニスサークルの入会であった。ただ、私がこの大学に入ったのもサークルに入会したのも、その動機は至って不純であり、とても人前で胸を張って声高に言説できるようなものではなかった。それどころか極めてさもしいものであったと言うのが正しかろう。

ところで話は遡って、私の幼少期。早熟であった自分が異なる性を意識し始めたのは、保育園時代から……。おのれが属する年長白組の担任には目もくれず、若くてきれいな年少白組の新米先生に憧れて、近づき、甘えようとしたのであるから始末に悪い。あえなく、あっさりと突き返された。以降、小学校、中学校、高校と進む中で、目敏《めざと》く好みの女子を見つけては挑んではみるものの、色良い返事を得られた試しは一度たりともなかった。おっと、縄文人の出現かと幾ばくかの恐怖心を煽るような御面相のお陰で人より十は老けて見られていた私が、女子にモテようなどとは、夢のまた夢であったのだ。

しかし、世の中には、因《よすが》は異なれども、私のように悶々とした悔しさを持ち、それを反発に変えて、何ものかに打ち込もうとする、志尚《ししょう》な輩はいくらでもいる。そして、かく言う私も、その高志たる一員に加わらんと精進を誓ったのである。私の場合、それは受験を成功させることに他ならなかった。

同級の女子たちと、でれついて、これ見よがしに腕を組んで遊び呆けている友人を尻目に、まずは、誰もが羨望の眼差しを示すであろう東京の一流大学に合格することを目標に定めた。名の通った大学にでも入れば、女子たちの自分を見る目が変わる。

潮目がこちらに向かうはず、そう踏んだからである。ただ、自分の学力については、大きな不安と誤算があった。

学習能力において、自分だけが遺伝の大法則から逃れられる道理もなく、我が身に内包されし遺伝子は、両親共に至って凡人なる家系の形質を忠実に写し取っただけに過ぎず、学力の向上を見るには、多くの時間と労力を費やすこととなった。

しかし、今までは、朝早くから日が落ちるまで白球を追って、汗と泥まみれの毎日で、机に向かってろくに勉強らしきことをしたためしがなかった。ところが、甲子園地区予選敗退以降は、これまでの二倍も三倍も勉強に打ち込んだものであるから、さながら、黒墨が更紙にでも染み込むが如く、諸々の知識は、吸収に余力を残す脳細胞へと浸透していったのだ。そして見事に、第一志望のW大学に合格し、その栄誉に浴することと相成った。その折は、両親のみならず親戚、縁者がこぞって喜んでくれた。

当時、私が育った田舎町から学士を輩出することは、極めて珍しく、東京のしかも名の通った大学へ行く者など、ここ数年来見ることもなかったのだ。そのようなわけで、上京が決まった朝のプラットホームには家族以外にも多くの友人が見送りにきてくれていたのだったが……。

残念なことに、同窓生の顔ぶれはというと、むさい男子のみであり、女子の姿はどこにも見当たらなかった。結局「一流大学へ入れば、多少なりとも女人の心を捉えることができる」などとの思いは、甘い妄想に過ぎない、ということをまざまざと思い知らされただけだったのである。しかし浅ましい下心は消沈することはなく、大学へ通うようになってからも、女子を求める欲求はさらに貪欲になっていったような気がする。

そのような訳で、私が、大学のテニスサークルに入った動機とは、前述したようにいかにもさもしいままであった。それは、当時スポーツ系のサークルにあって女子の人気が著しく高いと目されるテニスサークルにでも入れば、学園内の諸所より集まりくる眉目秀麗なる女子学生と大いに知り合いになれるだろうし、あわよくば、我が校に憧れを抱く他校の女子らとも交際のチャンスが生まれるやもしれぬと期待したからである。

果たして、当初の目論見通り、事は運んでいるかのように思えた。その証拠に、サークルへ顔を出すたび、声を掛けてくる女子が少しずつ増えてきたからだ。しかし、その声の背後には、いかなる心情が隠されていたのか、当時の未熟な私には知る由もなかった。少なくとも、好感を持って放たれるもの、逆に侮蔑や嫌悪感を含んだものとがあるということを。

ただ、今まで味わったことのない甘美な経験に有頂天になっていたことだけは確かであった。

元々、生まれついての秀でた基礎体力を有していた私は、中学、高校時代を通じて、運動量豊富な野球部に所属していたが、球を繰る競技であれば野球以外でもそこそこに熟《こな》す自信があった。実際、テニスはこの大学に入ってから始めたのだが、一通りのコーナーワークはもちろんのこと、フォア・バックからドライブ・カットの球種を打ち分けてそれらを緩急自在に操るといったラケット捌き、それに加え、その他諸々の基本的な技術をすぐに身に付けていった。そして、大柄な体躯より力任せに振り下ろしたるサーブとなれば、何年も前から嗜んでいたなどと嘯《うそぶ》く連中の小洒落たラケットを悉《ことごと》く弾き飛ばしてしまうほどであった。

サークルの専属コーチからも「お前は途方もないパワーがあって、筋もいい」とよく褒められた。日焼けした顔にわざとニヒルな笑みを作り、颯爽とコートに入れば「キャー」との黄色い声を頂くこともあった。

ただし、その声には、趣の異なる二種のものがあり、一つは憧れの類、もう一つは侮蔑の類である。当時の私の浅はかなる見識では、識別が困難であったのかもしれない。

そして、勝手に、自分の心地の良いほうに解釈をしては、いい気になっていた絶頂期、私のこれからの人生において、一目も二目も置くような男が眼前に立ち開かったのである。御面相も教養も品性にしてもあらゆる面で彼は私の対極にいた。

前にも触れたが、私の面立ちや体型は、まさに縄文人を想起させるもの。顎、歯並びいずれも至って頑丈そのもの。眉や髪は漆黒で多毛を極め、目も鼻も大きい。正直〝濃い〟と称される顔の典型と言っても過言ではない。そんな野性味溢れる縄文人が雄叫びを上げた日があった。

大学は前・後期の二期制を採っていたが、忘れもしない、その日は、学期に一度開催されるサークル内での「後期トーナメント試合」であった。コーチに選ばれし男女各十六名。性別に分かれてトーナメント形式で試合を行うのである。過去には敢えて、男子の山に入って奮闘した女子もいたと聞くが、ここ数年ばかりは、至って穏やかである。今期も女子は三、男子は五セットマッチのトーナメントを行うことになっていた。

男子A組の山にいた私は、第一戦目、出だしにもたつく癖が出て、初めのセットを落としたものの、二戦、三戦は、いずれもセットカウント三対〇のストレート勝ちで

A山の頂上に立った。サークルへ入会してわずか一年半、テニス未経験者で新参者のこの私が、勝負となれば人一倍燃える。小学校時代からテニス教室に通っていたエリートを筆頭に、中学・高校と部活動に打ち込んで、このサークルでも幅を利かせていた上級生を悉く蹴散らし、決勝まで駒を進めたのだ。あと一勝を捥《も》ぎ取れば、自分がこのサークルを牛耳ることができる。思わず、ラケットを握った太くて日焼けした利き腕を観客席に向けて高々と掲げて見せた。

大きな声援が決勝へ臨む自分の雄姿を後押ししてくれると思いきや、予想とは裏腹に歓声と拍手は至ってまばらで、観衆の心は、準決勝で負けて肩を落とす上級生に向かい、慰めの声となってどよめいた。それを見た私はますます古代人の血が煮え滾《たぎ》り、雄叫びを上げたのだ。決勝は、下馬評通りにB組を勝ち抜いてきたサークル副代表の北川という四年生が相手であった。過去にインターハイにも出て活躍したという逸材であるが、勝利至上主義の大学の部活動を見限って、気楽にテニスを楽しもうと本サークルに身を置く変わり種であった。今流行でスポーツ選手が愛用するという丈夫なチタン製フレームの眼鏡がよく似合ういかにも気障ったらしい男である。腕も確かだが、純白のテニスウエアを纏い、コートを縦横無尽に駆け回る彼の姿は眩しく、ひときわ衆目を集めた。彼は、一旦コートの外に出れば、最先端の着こなしで学園内を闊歩し、籍を置く工学部では最も人気を集める伊達男として名を馳せていた。

決勝戦は、三十分の休憩を挟み、午後四時から始まった。広い守備範囲と正確なコーナーワーク、そしてコースを変えた様々なショットを小気味よく繰り出して私を苦しめたが、残念ながら彼とて自分の敵ではなかった。百八十キロを超すサーブを放ち、サービスゲームは逃さない。すると、競った試合を続けているうちに相手は段々と焦りを覚えたか、ミスショットが重なって自滅していく。終わってみれば、結果はセットカウント三対〇、一方的に私が勝利を収めていた。相手を一蹴した瞬間、自分がこのサークルを制圧したと言わんばかりに両手を高々と上げ歓喜した。しかし、私の勝利を祝う者は、その場には誰もいなかった。今まで試合を見守っていた観衆のほとんどは、北川の勝利を確信していたし、彼の敗北が決まるや否や、女子たちは皆、悲嘆に暮れて肩を落とす敗者を慰めようとロッカー室へと流れ込んでいった。時折、秋の訪れを感じる涼風が吹き戦《そよ》ぎ、コートには私一人が残された。

するとこれまでの私の驕り高ぶった様子を見兼ねたのであろうか、一人の背の高い男が観客席からコートに降り立ち、私に挑戦状を叩き付けてきたのだった。その相手こそ生涯を通じ、あらゆる場面で私が一目置くこととなる男であった。彼は、私と同じ二年生でありながら、このサークルを裏で仕切る通称「王子様」と呼ばれている男だったのだ。なかなかの変わり種であって、ここの連中を相手不足と踏んで、このトーナメントには一度も参加したことはない。噂によれば、副代表の北川でさえ彼から一セットは疎《おろ》か一ゲームさえも奪うことができないという。私とは練習時間が異なり、いつもすれ違いを繰り返すのみであった。しかも新入生歓迎会をバイトの都合で欠席した私は、一年半も経つのに顔を満足に拝んだことがなかったのだ。

彼の足は嫌味なほど長く、顔はもちろん、衣服から露出するすべてが白兎のよう。顎はスルリと尖り、切れ長の両眼の間より小高い鼻が立ち上がる。いかにも涼しげな面立ちは、まさに弥生人の系譜と言ってもよいだろう。王子の周りにはいつも男女を問わず多くの取り巻きがいた。その状況に奢ることなく、言動や態度は丁寧で重みがあったので、皆からは、次の代表にと推されていた。しかし、何かと理由を付けては、それを頑なに拒み続けていたのだ。

ところで彼のテニスの腕前は群を抜き、相手のいないここのサークルの試合には、参加の意思を示さなかったのである。結局体力強化だけの目的でここに通うことをコーチも認めていた。彼が戦う相手はというと、学園内に幾つかある同好会系のサークル会員ではなく、国内外の選手権にも出場する大学直轄の部活動に所属する猛者ばかりであった。大学側は、どれだけ熱心に彼を勧誘したか分からないという。

彼が多くの取り巻きを引き連れてこのサークルのコートに現れるのは、夜間練習が始まる六時以降。学費工面のバイトのために五時には練習を切り上げる私とは、重なるはずはなかった。お互いにすれ違うまま出入りを繰り返していたので、これまで一度たりとも面と向かって顔を合わせることがなかったのである。

ただ、何回か時を忘れ練習に没頭してしまった折、遠目ではあったが、彼が熱狂的なファンに見守られながら練習に入っていく後ろ姿を見掛けたことはあった。私としては特に頓着することもなかったのだが、一つだけ気に入らないことがあった。

取り巻きにあまりにも多くの女性がいたことだ。

「こんなチャラけた優男に、死んでも負けるわけにはいかぬ」

そう心の中で呟いていた。生意気にも彼は、疲労困憊の私に情けを掛けたらしく、試合の日取りと刻限を、二日後の同時刻、四時と指定してきた。お陰で私は、一週のうちに二度もバイトを休むことを余儀なくされてしまい、大いに閉口した次第であった。

久々に王子が試合に臨むという噂はたちまちのうちに学園中を駆け巡り、サークル内の彼の応援団は言うに及ばず、他のテニスサークルや彼の好敵手を自負する部活の連中、そしてその支援者までもが観衆に加わろうとしたのである。一夜明けたその日のうちに、学園中は上を下への大騒ぎ……。

そして当日の午後がやってきた。これほどまでに王子を贔屓《ひいき》する者がいたのかと目を疑うばかりに、様々な面々が会場を埋め尽くしていた。彼が籍を置く文学部・西洋哲学科ゼミの教授、彼の才能を熟知するところの体育学部の教授に部活やサークルのコーチ陣、さらには本校を含め近隣の学園を代表するかの百花繚乱たる美女たちが花を添えたのである。

十月も終盤に差し掛かったこの時期、日が傾くのも駆け足となり、試合開始の四時には西方低空に達した太陽が、真紅の夕光を投げ掛けてそれが緑の人工芝に降り注ぐ。コートは青藍の海の如く浮かび上がって見えた。気を利かした一年生が照明灯に灯を入れた。

力の私、技の王子、一進一退の攻防戦が幕を開けようとしていた。しかし、何と言っても王子の名声と人気は大したもので、彼の出る試合ともなるといつも多くのファンが押し寄せるというが、今回は大義も秘めていたわけでひときわ関心も高かったようだった。

それは、伝統あるテニスサークルをどこの馬の骨とも分からぬ無骨者に牛耳られ、そ奴の鼻をへし折るという義があったからに他ならない。あたかも、鬼の私を退治に来た桃から生まれた桃太郎よろしく、王子を応援する観客で、応援席は満席に膨れ上がり、とうとう立ち見の者まで出る始末。

サークルのコーチは部活動コーチと並んで座っていたが、二人とも試合の途中から興奮し、立ち上がり、上気した顔で成り行きを見守っていた。


さて、私の武器はというと、遠き昔に狩猟を生業にしていたご先祖様から受け継いだ強靭な筋肉。その剛腕から放たれる強烈なファーストサーブだ。そのスピードたるやアマチュアではまず見ることのない、優に百八十キロを超えるものだった。しかもそのほとんどがフォルトすることなくコーナー一杯に決まる。これにはさすがの王子も舌を巻いた。サービスゲームはすべて私がものにした。

しかし、ラリー戦に持ち込まれると、彼に一日の長があり、一、二往復内であれば、力にものを言わせて私の重いストロークで打ち砕くも、三、四往復と観衆の首振りが増えるほどに、前後左右に揺さぶる巧みなコントロールに加え、時折見せるネットプレーといった多彩な戦術を用いる彼の術中に嵌まっていく。

圧倒的な力にものを言わせ第一セット、第二セットを連続して奪ったものの、第三セット、第四セットは王子が取り返して、セットカウント二対二の大接戦。

この状況を誰が予想し得たであろうか。観衆の多くは、三対〇のストレートで王子があっさりと私を下し、田舎者の鼻をへし折るに違いないと思っていたし、期待もしていたはずであった。しかし結局、最終第五セットまで縺《もつ》れこむこととなった。

試合が長引けば長引くほどに、力より技が勝るのが必定。最終セットの中盤を過ぎた頃から私の体力は消耗し切っていて限界に近くなっていた。一方、第三セット辺りからは、目が追い付いてきたのか、王子は私のファーストサーブまでも返球するようになっていた。そして、最終セットを迎え、レシーブエースも何本か決め、私を攻め続けた。

日が落ち、冷ややかな風が頬を掠めると辺りは、すっぽりと闇に包まれた。大照明が、コート上で死闘を演じる二人を照らす。応援に寄せる喚声、そのほとんどは王子に向けられていたものかもしれぬが、その音量たるや、大照明の明かりを得て、ひときわ浮き出た二人の雄姿に、相呼応して、ますます大きくなっていった。

私は、過去に野球をやっていて、大事なところで、何度もバッターボックスに立った経験を持つが、これほどまでに個人的な声援を受けたことはなかった。団体と個人競技の違いをまざまざと見せつけられたような気がした。

気分は高揚し、心地の良い汗がサラサラと額から流れ落ちた。すると再び体の芯より筋肉を奮い立たせるようなエネルギーが湧き上がり、第三、第四セットの劣勢を跳ね返し、第五セットのサービスゲームはすべて手中に収めたのだった。とうとうこのセットは、ゲームカウント六対六のタイブレイクまで縺れこんだ。そして、最後に勝敗を分けたのは、皮肉にも渾身の力を込めて放った私のセカンドサーブであった。

この時点においてサーブに順応できていた王子に、当たり前のセカンドサーブは通用しない。リターンエースを喰らうのが関の山だった。だからこそファースト以上の力を込めたのだ。一か八かの賭けだった。それが大きくラインをはみ出し、ダブルフォルトとなってしまったのだ。

結局終わってみれば、セットカウントは、二対二、最終第五セットもゲームカウント六対六でタイブレイクに入り、その最終ゲームも七対五での決着であった。最後の最後まで競った試合となったのだ。

このような絵に描いたような接戦があるだろうか。観衆はまさに固唾を呑んでこの縺れた試合の成り行きを最後まで見守っていたのである。

惜敗であった。しかし、正直言ってそこに悔しさはなかったのだ。テニスを始めてわずか二年弱、そのような若輩者が誰もが認める大学きっての実力者と五分に渡り合ったとの満足感、それが自分の中に充満していたからであろう。ただ、どこか心の片隅には、女にモテモテの優男だけには負けたくはなかったとの無念さが残ったのも事実であった。

あれほどまでに死闘を繰り広げた会場の汗と熱気、その残り香を、一陣の秋風が見事に浚《さら》っていった。そそくさとコートの照明は消され、常夜灯の明かりに私の影だけが寂しく残された。今まで、あれほど喚声を上げていた観衆は、潮が引くようにいつの間にかいなくなっていた。この時、どんよりと憂鬱げに光る丸くて大きなクラブハウスの時計は、既に七時半を指していた。

自分は、およそ未熟であるにもかかわらず、持ち前の筋力と運動能力にものを言わせ、大学最強と目される相手を敵に回して、納得のいくまで戦い抜くことができた。その達成感やら満足感で全身が満たされ、未だそこを離れられないでいた。

すると暗がりから男の声がした。実は王子もまだ残っていたのだった。コート脇にある水道の蛇口を全開にして、そこから迸《ほとばし》る水をがぶ飲みしていた私に話し掛けてきた。

「お疲れさん。久し振りに骨のある試合をさせてもらったよ。サークルではいつもすれ違うままで満足に顔を合わせたことがなかったけれど、コーチに聞いたら君は大学に入ってからテニスを始めたそうじゃないか。まだ一年半そこそこか？　凄い才能だ」

「そうでもないさ。力任せにラケットを振り回していただけだ。悔しいけど、今日は負けたよ」

「いや、僕なんかは、五歳の時からテニスをやっているんだ。故あって一時中断したことはあったが。高校の時にインターハイで優勝もした。大学に入ってからは、選手養成主義の部活とは縁を切って、北川先輩同様に楽しむテニスに転じて、このサークルに籍を置く。今だって部活動の連中にも負けはしないさ。そんな僕に五分の試合をしたのだから君の潜在能力は計り知れないよ。正直、君のサーブには、ほとほと手を焼いた。どうだろう、よかったらお近づきのしるしにこれから一杯やりに行かないかい？」

この日、バイト先に休みを入れていた私は、二つ返事で了承した。

忘れもしない、これが私と彼〝秋吉貴一〟との運命の出会いであったのだ。

風呂上がりの一杯もいいが、スポーツ後の一杯は格別。とにかく、思い切り汗を掻いた後に飲み干す、芳醇に泡立つ褐色の液体ほど、人を魅了してやまぬものはないだろう。

彼は、自分が贔屓にしているというビアガーデンに私を誘った。そこは、皇居のお堀に近く、城趾を眺望するにも極めて立地の良い、飛び切り上品な場所であった。秋風が身に染みるこの時期に及ぶと、外のテーブルを片付けてしまう店がほとんどである中、この一軒は例外であったようだ。

　醸造用の大きなタンクを幾つも抱えた赤煉瓦造りで高天井の大ホールが中央に構えていて、その周りには、広大な芝生が広がる。緑の色に陰りが生じ始めた庭には、山吹色した帆布《はんぷ》の大きなパラソルと天然木製の丸テーブルが対になってあちこちに点在している。その傘の下、テーブルの周りには折り畳み式の小洒落た木製チェアーが五、六脚、等間隔で並んでいた。

　私たちは、そこに着くや否や、ホール前面で傘を広げるひときわ背の高いパラソルのテラス席に案内された。すると私たち二人が到着するのを待ち構えていたかのように、大勢の取り巻きが走り寄ってきて瞬く間に囲まれてしまった。そこには、彼と私が所属するテニスサークルの仲間だけでなく、彼が籍を置く哲学科研究室の仲間、芸術同好会の仲間、そして異色なのが昆虫同好会といった面々までいた。しかし何と言っても私の目を引き付けて離さなかったのは、いかなる手段を用いて呼び寄せたのか伺いたくなるような美女集団であった。一体、本学園のどこにこのようなきれいどころが潜んでいたのか、全くもって不可解であった。

次に、彼は、おもむろに私の左肘を優しく持ち上げるようにしてパラソルを出ると、中央部でひときわ芝生が盛り上がった丘に私を連れて行き、そこに立たせて、紹介を始めたのである。ガーデンの遠くに散らばっていた連中も大・中・小の思い思いのジョッキを片手に持ちながら、その丘に集まってきた。そして、王子が話し出すや、今まで談笑していた口を一斉に閉ざし、彼一点に集中した。

「皆さん、ご注目。今宵、ここにお集まりの皆様に、紹介したい人物がいます。本日、久方ぶりの僕の試合を観戦なさった方は、記憶に新しいと思いますが、名前は、えーと噂では度々伺っていたのですがね。そうそう、確か、僕たちスカイテニスサークルの暴れ熊などと呼ばれていたと思いますが、申し訳ない、肝心のお名前をまだ伺ってはいなかった」

一同は、彼特有のジョークと思ったのであろう、何せすべてにおいて卒がない王子が紹介の挨拶の中で、肝心な相手の名を見失うことなど絶対に考えられなかったからである。大きな笑い声が巻き起こった。

「俺の名前は、滝口《たきぐち》といいます。滝口順平《たきぐちじゅんぺい》です。間違っても熊なんかではありませんので、どうぞよろしく」

機転を利かしたつもりであったが、独り善がりの躱《かわ》しでは聴衆には届かず、かえって座が白けてしまった。この状況を察した王子は、間髪を入れず、自分の方に話を振り向けた。

「そうそう滝口君だった。この滝口君とは、たった今まで、サークルのコートでテニスの死闘を演じていました。この中でご覧になった方も大勢いると思いますが、彼は何とその試合で僕をとことん追い詰めてくれました。

高慢な言いように聞こえたら勘弁してください、今までに、この大学で、僕と五分の試合をした者などいませんでした。特にレジャー要素の濃いこのサークルにおいては、悲しいかなこれから先も出会うことはないと思っていました。しかし、そのような僕の予想を覆し、本日、ここにこうして現れたのです。

しかも彼は、テニスを始めたのが大学に入った昨年の春だと聞いています。まだ二年にも満たないのです。正直今、僕は、彼の途方もない能力に脅威すら感じているのです」

私は、弁舌爽やかな王子のことを、どことなく小生意気なお坊ちゃんとしか見ていなかったので、薄笑いを浮かべて黙って聞いていた。そして彼は、私の内心など意に介することもなく流暢に続けた。

「僕は試合を続けているうちに、滝口君のパワーに驚かされましたが、逆に彼のプレースタイルが好きになっていきました。何の小細工もせず、持ち前の体力と野獣のような感と俊敏なる動き、さらにど根性でぶつかってくる。何ものをも恐れぬ無心さほど、上位の相手にとって怖いものはない。試合が最終セットまで縺れ込み、さらに、六対六のタイブレイクに入った時『もしかしてこの僕が……』との不安が、一瞬、脳裏を掠めたのです。

勝敗を分けたのは、『経験の差』たったそれだけのことだったと思います」

それから、私を含めた全員に杯を上げることを促した。「さあ飲もう、暴れ熊の滝口君。今日の運命の出会いに祝杯だ。皆さんも一緒に祝いましょう。素敵な仲間の加入に……」

あちこちでジョッキが重なる音がして、大きな拍手が巻き起こった。すると彼は、私に目配せをして挨拶をうながした。おしゃべりの苦手な私は、渋々その要求に応じはしたものの、つい、そこで地金を出してしまったようだった。方言を連発し何を言ったか覚えていない。

「おいは、皆さん方とは違って、田舎もんの粗野な男だんだもの、ここさ大学が好きだし、何よりもここんちの仲間が、しったげ好きになりそうだ。だって、こんなに美しい娘さに囲まれて、すこたま、うんめぇビールさ飲めるなんて、まるで竜宮城にでもいるみてぇだ。

ああいげねえ、おいも名前さ聞くの忘れでた。とにかく、弥生系の王子様みたいな色男さに褒めてもらったし、あの細え体であんなに強えどは思わぬがったしなあ」

やっと喚声が上がり、皆は笑った。そして何よりも奇妙なるこの集団を率いる彼が一番よく笑っていた。それから彼は、ずうっと私のいるテーブルに腰を据えたのだ。しばらくするとジョッキを手放し、遥かに度数の高い琥珀色の酒精を並々と盛ったグラスに切り替えていた。しかもそれを何杯も飲み干したのだ。そして、海のものとも山のものともわからぬ初対面同然の私に、憂き身この上ない話まで聞かせてくれたのである。


詳細は後に明白となるが、王子こと秋吉貴一なる男は、「生きることの意義」その本質を追って西田哲学の流れを汲む本大学の哲学科の門を叩き、高名なる榊原教授に師事した。そもそも教授と彼の父親とは、T大学時代からの朋友であって、今でも交際があり、自宅にちょくちょく出入りしているらしい。何でも彼が幼少の頃、重篤な目の病を患い、その境遇に打ちひしがれていた折、当時、助教授であった氏から、多くの教示を賜って覚醒し、心の拠り所を得たという。以後、人生の方向性を哲学の中に求めたということだった。

ところで彼の父は、若くして代議士となり、今では大臣級の要職に就くまでになっている。ただし、秋吉にとって父親の身分というものは、おのれのアイデンティティの確立において、足枷となっても成長を促す要因とはならず、彼はむしろ煩わしいものぐらいにしか捉えていなかったようだ。物心がつく頃には、家族の背景がすっかり見えていたという。

母は生来身分や体裁に拘るような人間ではなく、形振《なりふ》り構わず子どもに愛情を注ぎ行動するタイプであった。彼の小中学校時代、授業参観や三者面談には必ず顔を出し、級友の保護者とも親交を持ち、保護者会では活発な意見を交わしたりもしたらしい。

彼女が残した功績の一つに、新しい部活の創設がある。当時、彼の通う中学校には硬式のテニス部はなかった。どのような理由によるのか、日本全国を見回しても公立中学校で硬式を置くところは非常に少ない。

息子が五歳より続けてきたテニスの活動に切れ目が生じないよう、新テニス部創設に同調する保護者や理解を示す先生方の協力を得て、その中学校に硬式テニス部を立ち上げたのだ。この時も、夫が代議士であることを笠に着て教育委員会へ圧力を掛けるような真似は断じてなかったという。

　父親が政治家として重要なポストに身を置くようになるにつれ、家族も何かと気を遣うことが多くなるのは致し方ないことであるが、母も彼も、父の威を借ることを最も嫌う類の者であった。特に彼の性格は、幼き頃よりそんな母の清廉潔白なる姿勢を見て育成されたものと想像するに難くない。

　しかし、友人を含め周りの者たちは、彼の父が秋吉議員であると知った時から腰が引けたような妙によそよそしい態度をとるようになる。彼の背後に構える華麗なる景色に目を奪われ、彼そのものを見ようとはしない。正面切って付き合おうとの友人は皆無に等しかったという。常にいわれもない孤独感に苛まれてきたことを正直に打ち明けてくれたのである。

　それでも今では逞しさを身に付けて、人のためならばおのれの恵まれた境遇を逆手に取ることもある。現に今夜も、一等地にある最上級のこのビアガーデンを仲間のために、無理を押してまで貸し切り同然で予約を入れていた。そしてそれが判然とまかり通ってしまうのである。

　世上の公正性を重んじる私にとっては、親の七光りに甘んずるこの度の手法を全面的には受け入れ難いところもあったが、一方では豪胆なるものを感じ、妙に惹かれるものがあった。

成人となった今の彼は、親の力を頼るというより、むしろ利用する術を身に付けていたのだった。時折見せる愁いを帯びた表情の中にさえ、自我を確立し維持を図らんとする意欲を感じるのだ。良いとこのお坊ちゃんとは一線を画する一本筋金が通った芯の強さを、好感を持って捉えていたに違いなかった。

以来、私と彼は急速に接近をしていった。


王子こと秋吉貴一は、文学部哲学科、一方私は理学部の生物学科であって、学棟が前者は北門、後者は変電所近くの南門に面し、距離にして約一キロ。かなり離れていたのだが、私たちは、一日一回、テニスサークルで相見《あいま》え、共通の話題で盛り上がった。もちろん、秋吉のほうが、私のバイト時間を考慮して、練習時間をずらしてくれたのであるが……。

意外なことに共通話題の多くは生態学であり、秋吉はとりわけ蝶や蛾が属する鱗翅《りんし》目《もく》には造詣が深く、我々生物学を専攻する者をも圧倒する知識量だった。それもそのはず、実際彼は、歩みもままならぬ幼少の頃より、周りにいた小動物に興味を示し、追いかけ回すような子で、成長するにつれ、宙を舞うきれいな蝶に嗜好が集中し、図鑑と首っ引きで、その獲物の正体を探っていたそうであるから。

父親の海外出張の度に同行して、現地に棲息するお目当ての蝶を観察したり、採集できる境遇だった。

私も秋吉ほどではないが、大した昆虫好きであり、幼き頃は、野山を駆け巡り虫取りに熱中した。年を重ねてもその傾向は変わるものでもなく、膨大な標本が自分の部屋に山と積まれた。ところが、高校入学の前日、母の大噴火によって、その山は吹き飛んだ。

思考は日々変容を伴い、信条にも少なからず影響を与えるものだが。

「野生の生き物は、飼うには当たらず、ましては剥製、標本の類は、趣も萎える。野にありてこそ、本性を表し、美しい」斯くして、その通り「しかし、高邁なる至論を吐いたとて人間は己れの相性《さが》には抗《あらが》えぬもの。残念ながら蒐集欲を押し留めることはできない」

これが少年時代から標本作りに熱中してきた二人の共通した持論と分かり、意気投合した。

以来、秋吉はこのサークルで、私の挑戦だけには首を振ることはなくむしろ勝負に興じる風であった。そして、秋吉が予想した通り、私のテニスの腕前は、日を追って目覚ましい進歩を遂げていった。あの運命の試合から半年も経たぬうちに、六・四の割で私の勝率が上回るようになっていた。しかし、その勝率を素直に受け入れるには、多少気になるところがあった。正直なところ、それが胸中に芽生え始めて以来、日を追うごとに大きくなっていくような気がしていた。

普段、秋吉の洗練されたプレーにはほとんどミスなどは生じない。ところが、私との対戦となるとやたらミスを連発する。しかも、未だ斑《むら》だらけの私の荒々しいプレーに合わせたかのように、アンフォートエラーが多いのだ。人は、

「滝口のプレッシャーからじゃないの？」

とのお追従《ついしょう》紛いなことを言ってはいたが、私には、どうしても彼が勝利を譲ってくれているような気がして、妙に合点がいかなかったのだ。

確かに、テニスの実力は、上がってきてはいたものの、細かな技術に関してはまだ学ぶべきところが多かった。そして、テニスのみならず遠く及ばぬものといったら、秋吉の持つ存在感や輿望《よぼう》ではなかっただろうか。

特に、女子学生からの憧憬なるものは、他の追随を許すものではなく、悔しいかな、私が最も羨望の念を抱くものに相違なかった。

さて、コート上では、私が秋吉を出し抜くことが多くなったが、勝利をものにした途端、応援席の至る所からブーイングの嵐が吹き荒れる。それはまるで私が悪魔の化身にでもなったかのように。ところが、その状況に合点がいかずいささか表情を曇らせていると、傍に来て優しく言葉を掛けてくれるのは、他ならぬ秋吉であった。

「日本人というものは大体が判官贔屓なんだ。君のファンも大勢いるさ」

そのように言って慰めてくれる。秋吉という男は、表でも裏でも私の悪口を吐いたことはない。むしろ〝素敵な人間なんだ〟と褒め捲《まく》ってくれていたのである。

王子の周りには、いつだって花も羨む美しい女子学生の取り巻きがいた。秋吉を敬愛の対象として崇め、決して一人にしておくことがなかったのだが、不思議にも当の本人は、それがむしろ億劫であるかのような素振りをしていた。誰もが見惚れるような学園の花々がいくら言い寄ろうとも、それに目をくれるものではない。逆に、迷惑であるかのように適当にあしらってしまうのである。私に言わせれば、何とももったいないような話であるのだが……。

秋吉と出会ってから約一年、親交を重ねていくうちに分かったことであるが、彼は、決して女嫌いの性状ではない。むしろ気に入った相手がいれば果敢な猛追を仕掛けるタイプなのだ。しかし、奇妙にも、彼が追い求める相手は、誰が見ても、とても美人とは言い難い醜女のみ。それは、おのれが持つ美醜の基準、それと密接に絡む好・嫌感覚に照らしても、あまりにかけ離れているような気がして、不思議というより不気味さなるものが私の心中に宿っていた。さりとて直接本人から聞くのも気が引けた。

靄《もや》が掛かったままのある時、本サークル会員であって哲学科の秋吉の後輩に当たる者に思い切って探りを入れてみた。

「君は秋吉の後輩だね。よく一緒にいるよな。先輩は、あのように端正な面立ちであるし頭も良いから大いにモテる。ここに来る時だって多くの取り巻きに囲まれているしな。俺は前から疑問に思っていたことがあるんだが、一つ聞いてもいいかな？　率直なところをお願いしたいんだが。

今、交際している娘って、決して美人の枠に入る部類ではないよな。そして以前付き合っていた彼女もそうだった。あの娘は、今見ないからもう別れてしまったんだろ。悪いけれど二人ともお世辞にも美人とは言えないよな。取り巻きにはあれほどの美女が大勢いるというのに、全く見向きもしない。ひょっとして、秋吉の奴は下手物《げてもの》好きなのかい？」

後輩は、かつてこのような個人的嗜好に関わる下劣な質問を受けたことがなかったようであり、首を傾げたまま、躊躇する様子を見せ、しばらく考え込んでいた。しかし、今やこのサークルの重鎮となった私の質問には答えぬわけにはいかず、自分なりの推論をまとめ上げ、ゆっくりと口を開いた。

「僕は、人のプライベートなことには立ち入らない主義ですが、滝口さんのたってての頼みですので……。

先輩の感性・思考には常人と異質なるものを感じています。女性観についても同様です。先輩には、高校時代よりお付き合いをされていた方がございまして、滝口さんが言われた一カ月前に別れたのは、その方だと思います。私も何度か一緒のところをお見かけしたことがありましたが、正直申しまして、確かに、一般で言うところの美人という括りからは遠く外れていたかもしれません。

ここは、彼女のごく親しい友人からの話ですが、何でも彼女は、前々から自分は先輩に対してあまりにも不釣り合いであると感じていたらしく、先輩の一途な思いを当の彼女のほうが訝しがり、重荷となって、身を引いていったということです。その時の先輩の嘆きようときたら、一通りのものではありませんでしたよ。私たちも気の毒で、とても見るに堪えなかったほどです。」

「ああ、なるほど、それには俺も心当たりはある。そういえば先月、二週間ほどここに顔を出さないことがあった。何の連絡もなかったので、実は心配をしていたんだ。君の言った彼女と別れた時期と重なる。その頃の落ち込みようは尋常ではなかったからな。

しかし奴が女に振られるなんて想像もできないよ。大学一のモテ男だぜ。あの北川さんだって足元にも及ばない。奴のことだ、自分のプライドを懸けたって、そのような悩みを口にすることができなかったのだろうな」

「ところで、滝口さん、あなたもとうにお気付きのことと存じますが、先輩には現在、新しい彼女がおります。この間も人目を憚ることなく、腕組みまでして、この学園内を仲睦まじく歩いておりました。ここだけの話ですが……」

元々か細い声の後輩は、さらに声を落として耳元で囁いた。

「決して私の主観で物申すのではありません。今の彼女も決して美人とは言えないのです。そのことは誰にお尋ねになっても同様な返事が返ってくるでしょう。

唯一つ言えるのは、元の彼女や今の彼女にしても、その娘がいると、先輩はとても幸せそうなんです。もちろんそれは、お目当ての恋人を得た男だったら誰でも当てはまることですがね。ただ少し滑稽に思えるのは、今の彼女が以前のように自分から離れてゆきやしないかと、常に心配していることです。あの秋吉先輩がですよ」

人が羨むほどの美人を何人も引き連れて我がサークルを闊歩する秋吉貴一なる男。普段一対一のプライベートで付き合う女性は、過去も現在も美人という括りから遠く離れた醜女であろうとは……。私は自分勝手に「蓼食う虫も好き好き」と短絡的解釈を入れるに過ぎなかった。しかし、事の真相は、何人も気付かぬ根深き所に隠されていたなど、その時点、私を含め誰が想像し得たであろうか？　それが判然としてから、私の人生観は大きく変貌したといってよいだろう。


大学へ入って三度目の秋を迎えた。その日は学園祭の中日、文化の日は、早々に冬の到来を思わせるような木枯らしが吹き、思わずジャケットの襟元を閉じるほどであった。見渡せば、校内のあちこちに植わる公孫樹《いちょう》もこの機に合わせたかのようにすべてが変化を遂げていた。それはこの樹葉の特徴であるが、数ある色彩の中で最も明度の高い黄色へと変移していた。

夜に入りて、それら古木より舞い降りたる高明度の扇葉が学園内の街灯の光を悉く反射して、ここに集う者たちの足元をはっきり照らして見せてくれていた。

最高学府の文化祭ともなれば、音楽・演劇・舞踊・美術等、様々な芸術が玄人跣《はだし》のように発表されることも多い。中には現職のプロを呼んで共演を依頼する舞台もあった。何せ無骨な私は、暇に任せてそれらを覗くも、その席を温める暇はなかった。運動会などでよく張るテント下での食べ物小屋を巡る方がよっぽど性に合っていた。

日が落ちてもなお、裸電球を煌々と灯し白昼以上の賑わいを見せる飲食コーナーが幾つも立ち並んでいた。確か昼に、学食のランチを人の倍も胃袋に収めたはずであったが、どこぞのテントで発したものか分からぬが、紫色の煙を伴って漂いくる芳ばしい香りが、ぽっかり開いたおのれの鼻孔より侵入を果たし、その奥の粘膜を刺激して、再び腹の虫が泣き始めたのである。黄色い顔した公孫樹の妖精どもは、足元を明るく照らして、その香りの発生源まで私を導いてくれた。果たしてそこは、焼き肉のファストフード店を模したテントであった。

「フランクを三本ちょうだい」

慣れない手付きで大きなアンガスの角切り肉や大小のソーセージを焼いている俄店《にわか》主にそう告げた時だった。

「おーい、一人で三本とは豪傑だな」

薄暗がりに埋没している店の奥にあるベンチから失礼千万だがどこか聞き覚えのある声が飛んできた。初めのうち、そこは暗くてよく見えなかったのだが、目を凝らしてしばらくすると漠然としていた二つの陰影が顕わになってきた。そのシルエットの正体は、秋吉とその彼女であったのだ。そして否が応でも二人の仲睦まじいところを見せつけられる羽目となった。

二人は私と同じようにこの店で求めた大きいソーセージを一本ずつ持っていた。そして自分が手にした一物を相手の口元まで持っていき、あろうことか誰憚ることもなく、まるで乳離れしたばかりの幼子に母親がするように「あーん」と大きな誘い声を掛けて相手の開口を促し合う始末。特に彼女へ差し伸べた一品は、その形状と大きさからして本人の〝もの〟を連想させ、下卑たる連想を掻き立てるに十分であった。

「秋吉、今日は彼女と一緒のようだな。お邪魔だろうから、これで失敬するよ」

「滝口、少し待ってくれないか。ここで出会ったのも何かの縁だろう。僕の彼女を正式に紹介する」

横にいた彼女は、秋吉のテニスの応援にも来たことがあって、クラブハウスのロビーで何回か見かけたことはあった。皆が秋吉の新しい彼女だと噂をしているもので、好奇心に駆られ、通りすがりを装って軽く頭を下げながらチラッとご面相を窺ったことがあった。

その時、正直言って大いに期待外れであったのだ。しかし、よくよく考えてみれば、正式には紹介されてはいなかった。

いかにもわざとらしい愛情表現の小道具を丁寧に食べ終えた二人は、おもむろに立ち上がり、女性は私に向かってゆっくりと一礼をした。秋吉は私と彼女を交互に見ながら、誰が見ても低評価と思われる、傍らに立つ女性の紹介を始めたのだ。

「彼女が、今付き合っている松崎《まつざき》さんだ」

「私、松崎善江《まつざきよしえ》と申します。どうぞ、お見知り置きを……」

「さて、善江さん、彼が、よく話していた滝口順平君だよ。なかなかの男前だと思わないかい。我がスカイテニスサークルのホープだ。とても大食漢でさ、いつだって人の二倍も飯を食べちゃうんだ。ほら今日も、ここでこんなに大きいソーセージを三本も注文してさ」

暗がりで目視ができづらかったが、彼女は明らかにクスッと笑った。そして再度深々と頭を下げたのである。次第に私の目は慣れてきて、薄暗がりの中から浮かび上がった彼女の全景を今、はっきりと捉えることができた。

スタイルは、今時の若者らしからぬ胴長、短足で頭は大きく脹脛《ふくらはぎ》も太かった。暗がりで見るのが恐ろしいくらいの醜悪な体《てい》であったのだ。普通、紹介を受けた者であれば、世辞の一つでも飛び出すところだが、一言たりとも喉に詰まって出てきやしない。

強張る表情を気取られぬように、何とか挨拶らしき言葉を振り絞った。

「秋吉の友人で滝口と申します。何度かサークルですれ違ったことがあったかもしれませんが、改めましてよろしく。お二人はお似合いのカップルですね」

冗談好きで通っているいつもの私であれば、この言葉の後にすかさず「美と醜で丁度平均が取れていて……」と結んだところであるが、ジョークでは済まない現実を悟り、何とか余計な一言にブレーキを掛けて止めた。


彼女を作る、その一心で大学に入ったものの、何の進展もなく、かといって興味をそそる授業があるでなし、退屈を持て余し、ひたすら自堕落に毎日を送っていた。唯一、心の高揚を招いたものは、テニスの試合でしかなかった。相手を完膚なきまで叩きのめす快感は何ものにも代えらえない。そのようなわけで粗野で酷薄な私は、サークルの誰からも敬遠されていただろう。当然女子のファンができる道理もなく、中高時代と同様に、一人の彼女も持てずにいたのだ。

しかし、そのような私に、親しみを込めて温かい声を掛けてくれる女性が現れたのである。

その人とは、他でもない、秋吉を介して知り合いとなった善江さんであったのだ。

ところで、秋吉と善江さんのデートには他のカップルにはない変わった嗜好があった。通常、恋い慕う者同士であれば、よそ者の邪魔などが及ばぬように、二人きりになれる場面作りに終止するはずであろうに、彼らときたら特別な記念日は除いて、好んで第三者である私を誘い入れ、出掛けたのだ。

細かな気遣いに疎い愚鈍なる私は、迷惑も顧みずにひょこひょことついていった。彼らと一緒にいれば美味しい食事にもありつけると踏んでいたし、私の取り留めもない馬鹿話に笑い転げる二人の表情には、疎ましさの欠片すら見えなかったからだ。それに彼女は、遠出する時にはいつでも私の分までお弁当を用意してくれていた。しかもその味ときたら頬が落ちるほど美味しかったのだ。

三人で遊んでいると秋吉が一時座を外すことが度々生じた。秋吉は、哲学科が主催する討論会の座長を務めることが多かったので、休み中でも打ち合わせの電話が掛かってくるのだ。

そのような折、残された二人で馬鹿話に興じ、腹を抱えて笑ったものだ。

とにかく、彼女は、下世話な話にも付いてくるし、ここぞという時に、突っ込みを入れる機知とユーモアに溢れる女性であった。何よりも彼女を賛美たらしめる所以は、その優しい心根である。

「俺ってどうして女から疎まれてしまうんだろうか？」

このような私の卑近な悩みを真剣に聞いてくれたのは、彼女を惜《お》いて他にはなかった。大学の勉学に身が入らぬこと、卒業後の就職への憂慮や自らの結婚観等、様々な不安や悩みを真剣に受け止めて、共感を持って答えてくれたのである。

いろいろと話を交わすうちに彼女の人柄の素晴らしさに気付かされ、次第に秋吉の奴が羨ましく思えるようになっていったのだから不思議である。


しかし、私としても、このまま羨望の念と甘えの体質を抱えながら、秋吉や善江さんに厄介になってばかりはいられなかった。第一、これでは何のために寸暇を惜しんでまで勉強をし、憧れの東京まで出てきたのかわからない。既に残りも見えてきた大学生活、初心を思い返してみて、自分の変容を固く誓った。ただし、私の初心とは、人様に胸を張れるような高邁なるものではないのだが……。

まず取り組んだことは、外見の改造であった。秋吉や卒業していった北川先輩にしても、モテる男は、いずれも小顔で痩身。服装といえば時代の先端を走っていて、いかにもファッショナブルであった。

私は、自分に染み付いた田舎者のイメージを取り払うために、バイトで貯め込んだお金をブティックに注ぎ込んだ。がたいが大き過ぎて体に合うものを探すのには、苦労をしたが、北川先輩の外装を真似て、何とか都会の雰囲気を押し出せるまでにはなった。もうそこには、汚れた白衣を纏って、学園内をのし歩く、いかにも垢抜けない生物学専攻の貧乏学生のイメージはなかった。

さらに、月に二回は美容院に通い、顔と頭髪を整えることも忘れなかった。強烈な存在感を示している大きな顎を削ぎ落とすため、多彩なメークを施した。あれほど濃かった髭は、脱毛美容のお陰で顎の周りをはじめ、顔のすべてからその青海苔が消え失せていた。少年のような肌理《きめ》細かな柔肌に光が当たると眩しく輝いた。鶏冠《とさか》のような硬い髪は柔軟処理をして、プロテインで保護、目や耳に掛かるほど、長くてしなやかな髪に仕立て上げたのだ。

次に取り組んだのは、いみじくも善江さんが、忠告してくれたことが元になってはいたのだが……。それは、彼女が、私のテニスの試合を観戦してくれた折のこと、諭すように語った言葉であった。

「男はただ強いだけじゃダメ、優しさが伴った強さこそ本物だわ」

私はこの一言に触発されて、今までの自分の態度や言葉遣いを改めることにしたのである。秋吉は、相変わらずスカイテニスサークルのトーナメントには出なかったから、試合は私の独擅場であった。今までであれば、勝利する度に、雄叫びを上げ、相手の心までも打ち砕くことに余念がなかった。しかし、その態度を一変させた。決着が付くとすぐに敗者へと駆け寄り、握手を交わし、健闘を称えたのだ。すると、

「あの滝口の奴、一体どうしたんだろう？　どうも、最近、様子が変だ。人間がすっかり変わっちまったみたいだな？」

「そういえば、そうだな。きっと、何やらおかしなものでも取り憑いたんじゃないか？」などとの冗談めかした陰口を言い合う始末。

当初、周りにいた者は、私が憑きものにでも魅入られたかのような怪訝そうな視線を送っていたのだが、日が経つにつれ、次第にその姿こそ本物と思うようになっていったのだから何とも不思議な話である。

こうなると、今までの三年間が嘘であったかのように、私は急にモテ始めた。秋吉ほどではないにしろ、私の周りを女子が取り囲むようになっていった。付き合う娘は学園内外に及んだ。私の頭はデートの計画で一杯であった。

ある週末、レンタカーではあるが、左ハンドルの真っ赤なスポーツカーの助手席に

彼女を乗せ、湘南の海まで飛ばした。カーステレオから流れ出る音楽を口遊むその美しい横顔を眺めながら、ふと自分の世界に入っていた。

中学・高校、そして大学での三年間、女性とは全く縁がなかった生活ぶりが、まるで嘘であったかのように思える。今、こうして自分の彼女を脇から眺めながらドライブを楽しんでいるのだから……。しかも、とびきりの美人ときている。

自己変革の結果がこれほど見事に表れようとは予想だにしてはいなかった。もう二度と女日照りの日々には戻りたくはない。

そして今では、何をやってもうまくいく。そんな気がしていた。秋吉や善江さんがいなくとも、周りには大勢のファンがいる。その者たちと、たわいのない話で盛り上がり、その香しい花の香りを嗅いでいれば満足であった。

ただ、人は自らが身を置く境遇について、相反する気が巡る生き物である。〝不幸のどん底にいる時は、そこから逃れんと希望を見出さんとし、幸せの絶頂に浸る時は、いつまで続くかと不安がよぎる〟。確かに私は絶頂期にいた。しかし、どこか不安という心の隙間があったのも事実だ。この子は私の何に惹かれているのだろうか。ピカピカの車に乗せる、食事に誘う、サンゴの指輪をプレゼントする、そんな奉仕がなかったら、すぐにも私から遠ざかっていくのでは？

ところで秋吉が私との練習に顔を見せぬようになってから何カ月も経っている。当然、自分との語らいの場もなくなっていた。それは、これまで私に合わせてくれていた時間設定を元に戻してしまったからに他ならない。

そういえば一カ月前、私にとって、サークル最後となるトーナメント試合があった。この決勝戦に、秋吉と善江さんのツーショットを観客席に見出していた。相手は今売り出し中の生意気な三年生。その者への見くびりと連日の女遊びでの練習不足が祟って、一セットを落とす波乱のスタートとなった。しかし、気を取り直して三セットを連取。終わってみれば三対一の圧勝であった。この時も、直ちに相手へのリスペクトに走ったが、女子の私への黄色い声援をよそに、以外にも二人の視線は冷めていたのが見てとれた。

私は心のどこかで、秋吉が自分から離れていくような不安を薄々感じ取っていたのかもしれない。

確かに今、自分が有頂天になっていることは否定できない。しかしそれでも、秋吉への尊敬、憧れは、以前と変わるものではなかったし、むしろ、彼が距離を広げるほど、秋吉を追い求めている自分がいる。

助手席の彼女に見惚れているこの時でさえ、秋吉や善江さんの思い出が走馬灯のように頭を巡るのだから……。

彼女は、相変わらず音楽に合わせ、軽快にリズムを取っていた。

今日の昼食は少しばかり足を延ばして葉山の〝日影茶屋〟。そこに予約を入れていたのだった。

江の島の弁天様を拝んで、葉山の料亭〝日影茶屋〟に着いたのは、午後二時近く、仲居さんの誘導で中庭を拝する眺望豊かな席に着こうとした時だった。聞き覚えのある男女の笑い声がふと耳に止まったのである。昔、文化祭の夜に聞いたことのある仲睦まじい男女の笑い声のような……？

果たして、私たちが座った席の真向かいから笑いながら出てきたのは、秋吉と善江さんであったのだ。不埒にも、その時の私は、（秋吉よ、俺はお前よりよっぽどいい女を連れて歩いている）と心の中で誇っていた。

秋吉は、まさかこのような所で、と、驚きを隠せない様子であったが、相変わらずその目は冷めていた。しかし、

「今度、膝を突き合わせて話をする機会を持とう。きっと連絡を入れるから」

そう言い残して、店を出て行った。

その年も押し詰まり、大学が冬休みに入ったある夕刻であった。待ちに待った秋吉からの連絡が入り、自宅に招かれた。そこは、高級住宅地で知られる白金にあって予想を遥かに上回る大邸宅であった。この一等地に大きな家を構えるということは、当たり前の給金を頂く安サラリーマンでは逆立ちをしても叶うものではない。曾祖父の代より三代続いて代議士を輩出する秋吉家ならではの業。日本の立法府に深く関与してきた政界権力者の持つ財力の至大さを改めて感じずにはいられなかった。

広大な屋敷は、十尺を超えるような青緑色の大谷石に囲まれ、外から拝見することは叶わぬが、壁内には五百坪ほどの日本庭園が広がる。園の中ほどに掘り抜かれた池には、深地より湧き上がった地下水が溜まり、色とりどりの錦鯉が舞い踊る。それはかの角栄邸を彷彿とさせた。邸内には、大小二つの蔵があり、それらを背にして居並ぶは、日本建築の伝統を受け継ぐ書院造と数寄屋造り、その融合を図った重厚な母屋であった。まさに超が付くに相応しい豪華絢爛たる和の佇まいは、侘びも寂びも感受するに余りある。なお、この家にさらなる重みを添えるは、天空を仰ぎおのれの覇気を主張してやまない甍《いらか》の群れ。その燻し銀に照り輝く屋根瓦は悪魔でも眩しく、畝ごとに突き出した大きな鬼のご面相は夕光を得て金赤色に染まり、天にも地にも睨みを利かす。圧巻という他なかった。

書生とみられる若者より丁寧な出迎えを受け母屋に入らんとすれば、三間四方もある大玄関が目に留まる。そこには、不意な訪問客との応対を可能とする小さな待合室が設えてあり、室内を囲む木壁に直付けされた長椅子には細長の特注畳が埋め込まれていた。

さらにその前には重厚な無垢の欅《けやき》の長卓が置かれ、ちょっとした商談ぐらいは十分に熟せる仕掛けだった。中央には、一畳ほどの大きな沓脱石《くぬぎいし》が、丁寧に磨かれたのだろう、平たくなって青い顔をして横たわっている。何でも群馬の三波石《さんばせき》だという。

案内されるまま、そこで靴を脱ぎ、足を掛けたのは、幅一間半もあろうかと見える上がり框《かまち》、奥行きと縦が一尺半の太さはある楓の自然木だった。その幅のまま続くだだっ広い廊下は、その全てが樺桜《かばざくら》。当然のことながら、今までにこのような高級材を見たこともない。使用人が毎日磨いているのか、その廊下は、ほんのり桜色に輝いて見えた。

「貴一様を、呼んで参りますのでここでしばらくお待ちください」そう、言い残して書生は長い廊下の奥のほうに消えていった。

秋吉は、来訪の連絡を待っていたかのように、急いでやってきた。

「お招き頂きありがとう。噂には聞いていたが、何とも凄い家だな」

「いや、家の価値は、外装ではなく、住む人間によって決まるもんじゃないかい？そう簡単に褒めてもらってもな」

さすがに秋吉の一言には、いちいち重みがある。儀礼的なお追従でも言って、早々に秋吉から本招きの真意を引き出す目論見であったのだが、見事に出鼻をくじかれた格好となってしまった。しかしその顔には意外にも柔和な表情が窺えた。

「今日、生憎なことに、両親は出掛けている。前から君に会いたいと言っていたのだが、非常に残念がっていたよ。ぜひ、よろしくとのことだ」

「このような大きな家、さて、お前の部屋はどこにあるんだい？」

「僕についてきてくれたまえ、少し奥まった所だが」秋吉の後を辿っていくも、屋内の荘厳さに驚かされるばかりであった。

ふと上を見上げる。丈高の天井は、木曽の檜皮《ひわだ》を組んだ網代《あじろ》張り、そして、荘厳な母屋を支えるは、拭き漆を施した檜の五寸柱である。かくして、廊下、天井、柱に至るまで、あらゆる物が日本国内で入手できる最高級の材を使用しているのが分かる。ここを訪れた者は、例外なく魅了されたに違いない。

秋吉の部屋は、屋敷の最奥にあって、そこに辿り着くまでには、多くの部屋を通り抜けていかなくてはならなかった。

書院造の趣を残す日本間は、開け放しており、廊下から容易に覗くことができた。床の間の部屋に差し掛かると思わず足が止まった。床柱、付書院、天袋、違い棚、そのすべてにおいて、拘りと凝りようは尋常ではなく、材の選定、細工の一つ一つに至るまで、超一流の職人でなければ造り得ぬものばかりであった。後で聞いた話だが、掛け軸の絵は、贋作ばかりで知られる応挙の数少なき真作であるという。

秋吉邸と我が家では比較の対照にもならぬが、そこに漂う和の香りは、故郷の住み慣れし家を思い出させてくれた。ほんの一瞬、わずかばかりだが、私は、安心感と郷愁に包まれた。

「秋吉、畳っていいよな。何というか故郷の匂いって奴かな？」

「そうだな、僕も海外へ行って一番先に思い出すのは、母の味噌汁の味と青畳の香気だったよ。今、僕の部屋は洋室になっているがな」

以前の会話が戻ったようで、私の緊張感もいくらか和らいでいた。

懐かしい思い出を巡らせながら通り抜けた長い廊下の果てに、彼の部屋があった。そこは、この屋の雰囲気から一変し、堅固なチーク材のドアで仕切られていた。一歩足を踏み入れるとまさに西洋感溢れた別世界なる部屋であった。彼の説明によれば、この部屋と第一応接室、それに父親の書斎だけは、機能重視の造りにしたそうである。

優に三十畳はあるだだ広い洋室には、新緑を基調としたペルシャ絨毯が敷き詰められ、奥に、秋吉が中学時代より愛用してきたやけに古めかしい机が鎮座している。しかし、それは日本の中学生が使用するような学習机とは趣が違う。大企業の重役室でもお目に掛かれない、細部に渡って彫り物が施されたヴィクトリア調の巨大な両袖机だったのである。

何でも曾祖父の形見だそうで、戦前、彼の曾祖父が英国との協定交渉を担って海を渡った折、現地の家具職人に作らせたマホガニー製の一品であるそうだ。曾祖父より祖父へ、そしてお爺さん子であった彼がそれを譲り受けたという。

今日まで秋吉がそれをどのように使用してきたかは、想像の域を出ないが、幼少期より周りの者に比べ遥かに知的レベルが高かった彼のこと。決して不釣り合いな代物ではなかったはずである。そして今でも傷一つ付いてはいない。

ベネチアングラスの傘を被せた特大のデスクスタンドが机上の書き物や蔵書を隈なく照らしていた。左袖側には哲学の原書が、右袖側には大きな昆虫図鑑が幾重にも重なり合い、私が来訪するまで見ていたのであろうか、鱗翅目の大図鑑とメモで埋め尽くされたノートが中央で大きく開扉《かいひ》されたままになっていた。

そして、部屋の左右の壁には、数えきれないほどの蔵書を収納するために、明かり取りの大きな出窓を避け、天井まで達する造り付けの本棚が備わっていた。背の高い秋吉でも手が届かぬ所があるので、頑丈な踏み台まで置いてある。

この荘厳且つ落ち着いた部屋で、難解な書物を幾つも読破してきたのであろう。文学部の中にあって論客を揃えた哲学科、さらにその中で、理路整然と明解なる根拠を説き起こす秋吉の弁証に太刀打ちできる者が一人としていないのも頷ける。弁舌爽やかなのは、ここの家系が大いに手伝っていたのかもしれないが……。

そしてまた、秋吉の趣味の多さと奥深さにも驚かされた。本棚の隙間から覗く壁には、彼自身が描いたという絵が幾つも掛かっていて、あの光と色彩の視覚的効果を追求した印象派モネのタッチと色使いを想起させるその出来栄えには、素人の私でさえ息を呑んだ。多くの美術館からの出展依頼も頑なに断り続けたという。


さて、ここからが秋吉の部屋の神髄というべきところだが、部屋の中央部には、厚さ三ミリの強化ガラスで覆われた巨大なショーケースがある。その中には、優に一千匹を超える標本が整然と並んでいた。内部には、標本を照らす照明まで組み込まれていて、彼がスイッチを押すと、すべてが息を吹き返したように浮かび上がった。

驚くことに、標本のほとんどは、グロテスクな蛾であって、展翅《てんし》版の上に悠然と羽を広げ、あたかも飛び出す瞬間を待ち焦がれているかのようであった。世界中の蛾がここに結集したような感であり、機さえ熟せば今にも飛び立ち、浮遊せんばかりの勢いである。正直、不気味としか言いようがなかった。私の感性とは、どうしても相入れない特異な世界がここに広がる。この豪華極まりない部屋の中央に居座って己の存在を誇示するは、多くの人間が毛嫌いをする、あの茶褐色の鱗粉を撒き散らして飛遊するところの蛾の面々であったのだから。

「以前鱗翅目の標本があるって言っていたが、蝶じゃなくて蛾かよ。俺もアゲハやシジミを集めたことがあったが、こちらの面々には興味が湧かなかったな、正直」

「人は、好き好きさ、こちらにも好事家がいなければ、この方面の研究も進まなくなるのでは」

しかし、この予期していなかった不釣り合いな世界は、決して、秋吉の感性と乖離したものではなかった。むしろ、彼の持つカリスマ性の奥に眠る不可思議な部分を象徴しているものであったからだ。これまでの不可解な嗜好や行動も彼の言質を得てさらに明らかになっていったのである。ただ、この標本の中にあって少しだけ救われたのは、居並ぶ蛾の隊列の片隅に、申し訳程度ではあったが、青い閃光を放つ美しい蝶の仲間を認めることができたことであったろう。それは、世界に二万種もいる蝶の中で、美の頂点に君臨する仲間であって、北アメリカ南部から南アメリカにかけて生息する大型タテハチョウ科の仲間である。

一通りの見学を終えて、私たちは、部屋の一角に据えられたソファに腰を沈めた。あたかも雲上に座したかとの錯覚を起こしかねない座り心地であった。

二人の会話が進んでいくうちに、先ほどの書生が紅茶を入れてやってきた。マイセンの白磁から立ち上るセイロンティーの上品な香りが私の鼻孔を擽《くすぐ》った。紅茶は、紐の付いた紙の袋を揺すって何杯も搾り出すものとの認識しか持たぬ私にとっては、味わい深いこのお茶に驚きを禁じ得なかった。

そして、秋吉は書生に対しても驕ることなく、常に丁寧な言葉で遣り取りをしていた。それは彼の人間性を垣間見たようでもあり、実に清々しい気持ちにさせてくれた。その時、私は、秋吉が内外面を問わずいい男だとの確証を得たのだった。

さてこの日、秋吉は、私を招いた真意を中々語ろうとはしなかった。それよりも、膨大な標本を前に、当然のように虫が話題の中心となっていったのだが……。

「秋吉、改めて言わせてもらうが、お前が昆虫に造詣が深いことは知っていたが、よくもこんなにたくさんの標本を作ったものだ。しかも蛾ばかりとは驚きだよ。〝オオミズアオ〟や〝キンモンガ〟のように鮮やかな青や黄色のものだったら見栄えもするが、ここのほとんどが茶や灰色のくすんだものばかり。正直言って、見ていて気持ちが落ち込む蛾の類は、遠慮したいところだ」

秋吉は、チラッと皮肉の籠もる笑みを見せ、

「君は女に興味を示すが、虫も好きではなかったか」

「俺も、小学校の時分から近所の林や野っぱらでセミやチョウを捕えては、標本づくりに夢中になった。片田舎の俺の故郷は自然ばかり。周りにいる鳥や獣、虫や植物、誰もが、好きなだけ触れることができた。あえて虫の標本を作ろうなどとの物好きは、町に俺ぐらいしかいなかったさ。都会と違って防腐剤も簡単には手に入らないし、第一、展翅板なんぞの気の利いた代物はない。厚紙で代用した。

忘れもしない、高校の入学式を前にして『もう、虫集めは卒業しなさい』と母親に一喝され、勝手に処分されてしまったよ。そんな俺だって夢中になったのはチョウやセミのような美しい昆虫のみ。お前のように、蛾なんぞには全く興味は湧かなかった。

ただ、虫好きの中には『土塊に蠢く〝ゲジ〟や〝トビムシ〟にこそ大いに惹かれるも

のがある』と公言し憚らない奴がいると聞くが、秋吉、お前もそのようだな、恐れ入ったよ」

「滝口、そう言う君だって、そう変わりはないさ。大学で遺伝の研究をしているそうだが、確か実験材料はハエだろう。しかもそれと睨めっこの毎日。今では、それぞれの個体に名前まで付けて愛おしんでいるそうではないか」

久しぶりに、二人は大いに笑った。

ほどなくして、前に紅茶を運んできた例の書生が今度は、大きな盆の上に、非幾何学的なデザインでシック極まりないデカンターと、色柄も統一された一対のグラスをのせ、恭しく入ってきた。多分ガレの酒器に相違なかった。

中身は芳醇なボルドーワイン、つまみは、青かびの鮮やかなマーブル模様が美しいロックフォールチーズである。このチーズは、郷の湿っぽい納戸を開けた時に迷い出る臭いに似ていた。さすがに田舎者の私では手が伸びず、専らワインのみを口にしていた。酔いと共に口元も綻び、ますます、ざっくばらんな話題へと転がり落ちていったのだ。

そこで私は、ほろ酔い気分に被せて、今晩の招待の目的に迫ろうとした。このところの秋吉のよそよそしさについても気になっていたので、ぜひにも聞き出したいところであった。

「お前、練習に来る時間を変更しただろう。最近は試合もできないし、話す時間も持てやしない。態と俺を避けているのか？」

「避けるつもりはさらさらないのだが、ただ……」

秋吉は口ごもり、先を続けようとはしなかった。

「ただ、どうしたというのだ。何か言いたいことがあるのでは？　正直、俺はこの大学で初めてできた友人はお前だった。今も一番の友だと思っている。そんなお前から無下にされるのは本当に辛い」

「君の気持ちは、よくわかった。しかし、僕の現在の思いを正確に汲み取ってもらうには、もう少し具体的な説明が必要な気がする」

そう言ってはぐらかしてしまったのである。

私は、このままこの話題に深入りしても埒が明かないと思い、一時の休止を決めた。ワインをさらに仰いで酔いを深め、下世話な話に切り替えたのだ。それは、ずうっと抱き続けてきた秋吉貴一への最大の疑問、これをぶつけてみたのである。

「秋吉、気を悪くしたら謝る。たとえどんなに親しい間柄でも他人のプライベートの世界にずけずけと上がり込むものではない。そんなことは俺だって承知だ。無礼だと思ったら、捨て置いてもよい。でも、一つだけ聞かせてもらいたいことがあるんだ」

「大分酔ったようだな。何事か分からないが何でも聞いてこい」

「さてお前は、男の俺からしたって、見惚れるほどのいい男だ。全くもって美人の取り巻きも多いしな、羨ましい限りだ。唐突で済まんが、お前の彼女の善江さんのことで聞きたいことがある。彼女は、本当に温かくて優しい人だと思う。だからあえて尋ねるんだ。はっきり言って、お前と善江さんでは、外観的にあまりにも不釣り合いではないか？　もしお前が彼女をからかっているとしたら、いくら親友でも許し難い。俺は以前、お前たちの好意に甘え、様々な遊戯に同行させてもらった」

「そうだな、でも二人とも迷惑などとはこれぽっちも思ってもいないよ。むしろ君がいてくれて楽しかった」

「そこで、そこでだ。俺は、お前たちと付き合ってみて、彼女が、明るくて、優しくて思いやりのある人だということを知った。いつだったたか、俺の就職の悩みを相談したら、親身になって一緒に考えてくれたしな。そのお陰で、心の迷いを断ち切ることができた。何というか、人を幸福感で一杯にしてくれる娘だと思う。俺はあの娘の心根に惚れたよ」

酩酊してきた私を見ても、秋吉は、優しく包み込んでくれた。だから突っ込んだ。

「しかし、いくら人柄が良くたって、外見があれではなあ～。いや、そう思っているのは、俺だけじゃないぜ、うちのサークルの連中だって皆、奇妙に感じているんだ。お前は誰に対しても気遣いができる優しい男だ。友人、後輩はもちろん、この家の使用人にだってそうだ。だから、もしかして、前の彼女にも、そして今の善江さんに対してても安っぽい憐憫の情か何かが働いて、お義理で付き合っている振りをしているだけじゃないのか？　ぜひ、本音を聞かせてほしい。もし、善良な彼女をからかっているんだったら、俺は、絶対許せない」

「滝口、ありがとう。お前がそれほどまでに彼女のことを心配してくれていたなんて、やっぱりお前は違う。これまでに、腹蔵なく、そのような話をしてくれた人間はいなかった。だから、正直に僕も腹の内を明かそうと思う。その前に一つ伺ってもいいかな？」

　唐突に、秋吉は次のような質問を私に浴びせてきたのである。

「それでは聞くが、お前はどのような女性を求めている？　傍にいてくれるだけで、幸せな気持ちになれる。そのような人であれば、それ以上の女性がいるだろうか？」

「いや、俺は、とにかく、皆が振り返るような娘を望む。そんな娘を連れて歩くのは男の本懐だ。

美しさを求める男の本能に従うほうが自然だろう。自然を無視すればその種族の存続は危ぶまれると思っている。心根も良かったらそれこそめっけものだけどな。大体、俺なんかは、そのために苦労して東京へ出て来たようなものだからな。顔を見ているだけでうっとりと見惚れるくらいの娘がいい。ゾクゾクと肉欲をそそられる気分にもなるし、第一、誰にだって自慢できるしな」

私の下衆な妄想にやや呆れ顔を示した彼は、天井に掛かる大きなシャンデリアを仰ぎ見て、しばらく考え込んでいた。そして何かしらの決心を固めたかのように、大きく頷いて立ち上がった。

「それなら、滝口、これから一つ見てもらいたいものがある」

数ある蔵書の一冊より諸言の一行でも取り上げて、何がしかの教示を垂れるものと思いきや、私を再び中央のガラスケースへと導いたのだ。改めて、圧倒的な数を誇る蛾の標本群が視界に入った。しかし、秋吉が示したのは、蛾ではなく、ここの標本の中では片隅に展示されているが、衆目に晒せば、その存在感を存分に発揮しているはずの青輝色の蝶の仲間であった。私にとっても、こちらのほうがよっぽどお気に入りであるのだが……。

「この蝶は、僕が小学校の時に、南米で捕まえたものだ。空港の検疫に引っ掛かるので、現地で標本にして持ち帰った。政府がペルーの経済支援を推し進めるということで、父が代表としてリマに赴いた折、一緒に同行したんだが、その時に採集した。君は蛾にはあまり興味を持っていないようだが、どうも青い金属光沢を放つ、こちらの蝶にはそそられるみたいだな。知っての通り、この蝶は中南米にだけ棲息し、日本では見られないがね」

果たしてこの蝶が放つ眩いばかりの青光は、天井に吊ったシャンデリアの虹色なる瞬きを悉く跳ね返し、金属光の鋭い光となって私の眼を射抜いたのだ。まさに世界中で最も美しい蝶と持て囃されるのも頷ける。羽全体が光るものもいれば、まだら模様を描いて輝くのもいる。種類によってそれぞれの特徴を示し、どれもが圧倒的な煌めきを誇って、私の視神経を激烈に刺激した。

「秋吉よ、何だってこのように美しい蝶をショーケースの片隅に追いやっておくんだい。理解に苦しむな。俺だったら、標本はこれだけで十分だ。くすんで、みすぼらしい蛾なんぞは、立派な部屋には似つかわしくないだろ。少しもマッチしていないじゃないか」

「滝口、先週、君も先端科学公開講座を聴講したろう。山口教授の『人の感覚と認識』

の話は良かったな。久々に興奮したよ。確か、君たち理科系の学生は、必修講座の一つだからね。僕は、専門外でも興味があると、大学の了解を得て、どの講座でも拝聴しにいくんだよ」

「なるほど、ここの本棚には、いろいろな蔵書が並んでいるが、自然科学のものが多いのはそういうわけか」

「あの時、教授がいみじくもおっしゃっていたではないか、その言葉が耳について離れない。『我々人間は、誰しもものの本来の姿を正確に知覚し、認識できているのだろうか？　この根本的な疑問に対して、誰も答えを持たないし、証明し得た者もいない。赤いと称される物体の色は誰にも同じ赤い色に見えているのだろうか、第一、色覚障害をもつ人の目には、残念ながら赤としては映ってはいないだろう。そう考えると、四角という形状にしても、誰もが、それを同じような形として、捉えているのか甚だ疑問なのである』とね。正直、僕もこの世で、真の色、真の形はこれだ、と言い切れる人は、いないと思っている。またこれまでに、そのことを真剣に追究しようと試みた人間もいなかったのでは？」

かくして、秋吉は、次のような持論を長々と披露したのであった。

ここで一つ、赤という色の認識過程を考えてみる。

まず赤という物体の色認識が太陽光の下で行われたとしよう。太陽光は複合光であり、様々な波長の電磁波、いわゆる、光を含んでいる。赤と称される物体は、電磁波の中でも可視光線に属する限られた領域の中から長波長である赤色部分のみを反射し、それが知覚されることによって認識される。同様に青色は、可視光線の中で短い波長の電磁波の反射によって生ずるわけだ。この時の知覚神経系のメカニズムは、目の網膜にある円錐細胞なる視細胞が担う。反射光である赤色の情報を捉えて視神経を通じ、脳へと送り込み、大脳の視覚中枢野で分析が行われ、正式に赤と認識する。

いずれにせよ、我々が感知し得る色は、反射光に過ぎない。

要するに、我々が見ている色の認識というものは、複合光である太陽光線の下で、それぞれの物体固有の色素が放つ反射光を大脳が知覚することで生ずる訳だ。それが例外なく誰にでも当てはまるという前提で「色の概念は、感覚神経の仕組みの中に完結しているのであって、他に考える余地を残すものではない」と一蹴してしまう学者が大多数と言ってよい。

よって、何人も疑うことなかれと片付けられてしまえばそれまでだが、臍曲がりは、疑うなと言われれば言われるほど、懐疑的になってしまう。多くの者が知っていることだが、色の識別なんてものは、条件が少し変わっただけでも異なってしまう。太陽光のような複合光ではなく、ある単色光で照射された物体の色は、太陽光下での色とは全く別の色に見えたりもする。しかし、そのような単純な条件変化の下での話ではなく、もっと根本的なところでの色の認識についての仮説が存在する。

例えば、物体には、反射光以外に目には映らぬ本来の色がある、というものだ。反射によって感知された色というのは、本当に物体本来の色と言ってもよいのだろうか？　実は反射の裏には隠れた真の色があり、それこそが物体本来の色なのではないか。だとしたら、それをどうしたら見ることができて、またそれは何色なのかと？

次に、人は同色に対し、それに呼応した色名を付けて呼んでいるが、実際は誰も同じ色には見えてはいない、というものだ。

一人として同じ人間がいないように、全く同じ細胞、同じ感覚器を持った人間は存在しないはず。だとすれば、一つの色を皆が同じように見ている保証はどこにもない？

このような奇想天外な持論を展開するや、彼は急に物憂げな表情となり、青い金属光沢を持つ蝶を指し示して、私に振り向いた。

「さて、これから僕が話すことが信じられなかったら、遠慮なく聞き流してもいい。

それだけで済まず、僕を、常軌を逸した狂人と恐れて遠ざかることになったとしても、君を恨むものではない。言っておくが、この話をするのは君が二人目だ。僕の彼女にだって話したことはない。初めて明かした相手はかつて僕が親友だと思い込んでいた男だった。今思えば、親友というのは勝手な独り善がりであったのかもしれない。彼は急に僕のもとから離れていってしまったのだから。今は会うことすらない。君とはそうなりたくないし、好意的な受け入れを心から期待している。だから正直に話をする」

私は、覚悟を決めて黙って頷いた。

*

「小学生の頃は、僕も君同様、アゲハチョウやここにいるモロホチョウを美しいと感じ、採集の目標としていた。前に話したと思うが、父が政府の命を受け、南米支援の代表としてペルーの出張が決まった時、その国にこの美しい蝶が棲息していることを知っていた僕は、一緒に現地へ行きたいとせがみ、一家で三カ月間滞在することとなった。自分は、現地の日本人学校に入った。当時小六であったが、学習レベルは中三あたりにまで達していたので、授業は極めて退屈でしかなかった。しかし放課後は毎日、昆虫採集に没頭でき、遥々《はるばる》この地までやってきた甲斐をしみじみ噛み締めることができた。今君が眺めている、このショーウインドウの片隅に並ぶ標本は、その時僕が集めた蝶たちに他ならない」

やはり、この美しい蝶の一群は彼にとって、大切な思い出を残す、貴重な存在であったのである。彼は回想する。

「あれは、三日連続で実施される、まとめテストの中日だった。試験勉強をほとんど必要としない僕は、期間中、学校が早く放課になることをいいことに、勇んで昆虫採集に出掛けた。愛好家の間ではモルフォの王様と賛美されるディディウス・モルフォを追いかけて裏山へ分け入った。鬱蒼と生い茂る湿りの強い草木を掻き分け、奥へ奥へと踏み進む。すると目指すディディウスがジャングルの腐った木の幹に止まっていた。目標目掛けて、手にした捕虫網を勇んで振り仰いだ」

「鱗粉を崩さずうまく捕獲できたのか？」

「いや、その時だった。踏ん張った左軸足に、今まで味わったこともない激痛が走ったのだ。不安と恐怖が入り混じった妙な感覚を覚えながら恐る恐る、その震源地を覗いてみると、大人の掌もある漆黒の巨大サソリが、毒嚢を付けた尻をもたげ、先端部より突き出た鋭い針を僕の脹脛《ふくらはぎ》に深々と突き刺していた。瞬く間に、僕の小さな心臓は早鐘のように打ち始め、その後意識は跡形もなく飛んでしまっていた。それ以後の記憶は一切残ってはいないんだ」

その後の経過は、こうである。

救援に駆け付けた母親の話では、ジャングルの奥に倒れていたので発見するまでに四半日も要したそうである。結局、応急処置が遅れたことが祟って、病院に運ばれても意識が戻らず、三日三晩、魘《うな》され続けたとのこと。やっと意識が回復したのは、四日目の朝であった。確かに生気は得られたものの、話せるまでには、それから一週間もかかることになる。それも厳しいことであったが、その時の秋吉の体には、もっと耐えがたい災禍が訪れていたのだ。それは、秋吉の視界からは、光がすっかり消えてしまったという厳しい現実だった。その時の絶望感と言ったら筆舌に尽くし難いものであったらしい。

光に満ち溢れ、色取り取りの草花が咲き誇る原野を美しい虫たちを求めて駆け巡っていた少年にとって、一瞬のうちに訪れた暗黒の闇は、まさに死にも等しかったであろう。秋吉は、以来、何の気力も湧き上がらず、ひたすら、鬱々とした闇の世界を彷徨っていたのだそうだ。

この出来事に一番仰天し、落胆したのは、ほかならぬ両親であり、秋吉をこの南米に連れてきたことをひどく後悔したようだった。特に母の狼狽えようは尋常ではなかった。闇でもがく息子を、殊のほか、不憫に思ってか、現地の眼科医を隈なく訪ね回り、最終的に、リマにある総合病院の診察を仰いだのだが、そこでも手の施しようがないと突き放されたらしい。それから、母と子は、任務を残す父を置いてすぐに帰国した。

日本に戻ってからも母子の眼科医巡りは続いたが、やはりどの医者からも「現時点、これ以上、回復の見込みはない」と言われてしまった。それでも諦めのつかなかった母は、半年にわたり名医と称される眼科医を片っ端から訪ねて回った。そして、最後に行き着いた先が、東京九段にあるN病院だった。しかし、そこでも眼科医長、直々の診断空しく、匙を投げられてしまったのだ。

生まれ出でし時より、光を見ない世界を生きてきた視覚障害者と比べ、秋吉のように、予期せぬ事故の果てに望まずして陥ってしまった瞽《こ》障害者という奴は、この耐え難い境遇を受け入れるまでには、血涙を流す思いをせねばならない。

分別もままならぬ小学六年生で被ったこの悲惨な出来事は、幼き頃より神童と謳われ、良き子の代表なる振る舞いを示してきた秋吉の行動をも一変させてしまったのだ。

まず、学校へ通うのを拒絶した。そのため、両親は、学習の遅れを出さないようにと、家庭教師を雇い入れたのだが、その先生に向かって、堅固な筆入れを投げつけて怪我を負わせてしまった。「もう二度と握ることができない！」自暴自棄となって、今まで大切にしていたテニスのラケットさえも叩き折った。それは、小五の折、全国ジュニアテニス選手権を最年少で制した時に頂いた宝物であったにもかかわらず。しまいには、今まで熱心に集めた蝶の標本をも無残に投げ捨てた。その時、難を逃れたのがここに残るモロフォの一群である。

温厚であった秋吉の心の中には、いつしか、悪魔が住み着いてしまったのかもしれない。

ある日のこと、毎日世話を焼きに入る使用人を怒鳴り散らしているところ。見るに見兼ねて止めに入った母にも腹を立てた。大きく振り回した拳が彼女の顔の中央に当たって鼻血が出たらしく「止血、止血」と頻りに叫んでいる声が秋吉の耳に押し寄せてきた。その時だ、どういうわけか、慌てふためく周りの様子が手に取るように鮮明な画像となって頭の中に映し出されたという。秋吉は、泣いた。そして、母も泣いていた。二人は抱き合ったまま今の境遇を恨んで泣いたのだ。

「お母さんは、こうしてお前が生きていてくれたなら、もうそれだけでいい。お前が、何を恨もうが、憎もうが構わない。だって、そんなエネルギーが残っていれば、死ぬことはないからね」

マリア様のように高潔な母の口から、悪魔の所業までも許し、受け入れるような言葉が出るとは夢にも思わなかった。秋吉の命を守るためなら、いかなる犠牲を払っても……。そんな母の強い思いがひしひしと伝わってきたのだ。すると、母の温かい胸の中で、在りし日の思い出が、朧気ながらに蘇ってきたという。毎夜絵本の読み聞かせをしてくれた母の姿、大好きな蝶を追いかけ野山を駆け巡った在りし日の自分、専属コーチを付けて五歳から打ち込んできたテニス……。

その日を境に、荒れに荒れた心の海は、徐々に凪へと向かっていった。確固たる静穏のためにさらなる後押しをしてくれたのは、父の友人、榊原博士であった。その年、W大学文学部の助教授に昇任したばかりであった。親友の子息が病んでいることを知ってわざわざ秋吉を見舞ってくれたのだった。

彼は、江戸後期に活躍した全盲学者、あのヘレン・ケラーも見本に据えたという塙《はなわ》保己一《ほきいち》、その人物の人柄や偉業について切々と説いてくれたのだった。お陰をもって心の海は静寂を取り戻し、秋吉には進路を模索する余裕まで生まれた。ただ、視覚障害の負担を軽減し、中等教育を修めるには、盲学校へ入学するしか道はなかった。

学校が決まり、入学式を待つばかりとなった春先、体力が落ち込んでいたからであろうか、秋吉は、季節外れの悪性インフルエンザに罹ってしまったのだ。四十度に達するかの高熱が出て、それが下がらず、一週間ほど、生死を彷徨った。再度息子に降り掛かった災いを恨み、母の涙は枯渇したという。

しかし、神は何と気紛れなことを行いたもうのであろうか。秋吉に、何人も想像できぬかの奇跡のシャワーを、浴びせ掛けたのだから。

八日目の朝、空は、白雲の痕跡もなく澄み渡っていた。まさに、晴天の霹靂とは、かくの如きであろう。秋吉は、眼球に染み入るような強烈な刺激を受けて目が覚めたのだ。篠の目編み目の隙間ほどに、薄く開いた目蓋から差し込んだわずかな光であったが、それは、極楽浄土に昇る大日の万斛《ばんこく》の光に等しかった。

まさに、秋吉の目に再び画像が宿る瞬間であった。体のどこに、あれだけの水源が潜んでいたのかと驚かされるくらいに涙が止めどなく流れ出たという。うれしくてうれしくて、これに匹敵するくらいの慶事は、これから先もないだろうと感じていた。

母子は、喜び勇んで、例のN病院に足を運んだ。再度の精密検査の結果から担当医は、「もう大丈夫です。これから先も、何不自由なく、正常にものを見ることができるでしょう」、そのように太鼓判を押してくれたのだった。

このような奇想天外な経過を、私はグラスの中身を飲むのも忘れ、ただ茫然と聞き入っていたのだった。

＊

「滝口、〝正常〟という言葉をあの時の眼科医を含め一般の人たちが通常使用する意味合いで捉えるとしたら、それはとんだお門違いとなる。実は、その日を境に、僕の視覚中枢は、誰も想像できない大きな変化を遂げていたのだから。追々説明を施すことになるが、君にだって信じてもらえないかもしれない。今僕の目に映る世界は、失明が解けた瞬間から、それ以前に見てきた宇内《うだい》とは、全く一変してしまっているんだ」

「それは、どういう意味なんだ。俺には想像もできない。分かるように説明してほしい」

「誰もが言う。このモロフォチョウこそが世界で一番美しい蝶だとね。ところが、あの日から、僕の目に映るこの蝶の姿は、変わってしまった。蝶に限ったことでない。視界に入るすべてがね。しばらくは、この現実を受け入れることができず、光を失った時に匹敵するぐらいの動揺があった。しかし、冷静な目で眺めていくうちに、もしかすると、僕の目が捉える画像こそが、ものの本質であり、真の姿を表している、と思うようになっていった。今では、そう確信しているのだ」

「あのように美しいモロフォ蝶はお前の目にはどう映るんだ。お前が捉える画像って一体何なんだ？」

「サソリの猛毒に侵され、その後、悪性インフルエンザによる高熱に晒されることによって、僕の網膜中の視細胞には劇的な変化が起こったらしい。本来は、赤・緑・青の三原色を基調とし、様々な色を捉える円錐細胞に異変が生じて、反射せずにいる物体の地色を感知する特殊な能力が備わったのかもしれない。とにかく、現時点、僕の脳内で結ばれる画像は、色、形どれを取っても、今までとは全く異なるものとなってしまった。しかし、これこそがものの正体であるとしたら。君はどう思う？」

私が呆気にとられて、口を閉じることすら忘れていると、お構いなしに彼は続けた。

「以来、僕の目には、幼少時あれほど追い求めていた鮮やかな蝶の類が、少しも美しく映らなくなってしまった。蝶なんかよりも蛾に本来の美しさを感じる。蛾こそ、鱗翅目界での美の象徴だと思う。滝口、根本的な説明にはならぬかもしれないが、ある程度、君が実感できるように説明しよう。さあ、ここへ来て少しだけ腰を屈めてみたまえ。シャンデリアの光が半直角になる角度を作って、お気に入りのディディウスモロフォを眺めてごらん」

私は、膝を折り、ガラスケースの中で羽を広げる目標物を言われるままの角度で注視した。

「おい秋吉、何だよ、これは。何やら茶色で汚らしいな。本当にモロフォチョウかい？お前何やら細工でもしたんじゃないだろうな。蛾みたいな色だぜこいつは」

「いや、これこそがこの蝶の本当の姿だ。少しばかり角度を変えて眺めてみただけで、この蝶本来の姿を垣間見ることができる。今までは真っ直ぐに跳ね返ってくる光影だけ見ては、ただ、美しいと眺めていただけなのさ。この種のオスの羽には、特別な鱗粉が付着している。それを電子顕微鏡で捉えたものがこれだよ」

彼は、立派な机の最上段の幅広の引き出しから三枚の四つ切り写真を取り出してきて私に示した。

「この三枚の写真は、自然科学研究所にいる僕の先輩が角度を変えて撮ったモロフォチョウの羽の断片を写した電子顕微鏡写真だ。見たまえ、この鱗粉を、粉を構成する物体が段違いに規則正しく上へ上へと重なり合って、さながら、高層マンションが隙間なくびっしりと立ち並んでいるかのようだろ。この部分に太陽の光が当たると、この構造によって、光は屈折し、反射し、さらには干渉を呼ぶ。すると、あの美しい青く澄み切った金属光沢を放って我々の目に飛び込んでくるという寸法だ。君たちにとっては信じられないくらいの稀有な美しさだ。かつての僕も同じように見えていた。しかし、残念と言うべきか逆に喜ばしいと言う方が相応しいのか、とにかく、今の僕は、君たちのようには捉えていない」

生物学を専攻する私にとって彼の話は、理が通っているところも多分にあった。だから黙って聞いていたのである。

「以前僕が懇意にしていた友人は、ここまで話をしたら、にわかに表情が強張り、部屋から出ていってしまった。その後、どこで会っても会釈程度で言葉を交わすこともなく、今では全くの疎遠だ。君は、ここまで表情一つ変えずに僕の話を聞いてくれている。次の告白こそが核心なんだが、聞く自信はあるかい？」

彼は、幾らか不安ありげに私の顔を窺っていた。私は、ここまで来たらどこまでもと、そう腹を括って黙って頷いた。

「嘘と思われてしまったら本当に残念なのだが、視力が回復して以来、僕の視界は一変した。高名なる眼科医が『これからは、正常に見えるはず』と言ってくれたが、もし、正常・異常の区別を同調者の多少で判定するものであれば、僕は明らかに少数派の異常に属するだろう。この世で我一人しかいないとなれば、超異常と言われても致し方がない。いずれにしても、今の僕には、君たちが反射光でしか捉えられない物体の色や形とは違った物体本来の姿を見ることができるのだ。

だからモロフォチョウを見てもあの青い光は僕の目には映らない。かと言って君が横から眺めた茶色の鱗粉とも異なる。もっと底に隠されている本質の色を見ている気がするんだ。実は、君にモロフォを見てもらったのは、容易に信じてもらえない話を多少なりとも理解してもらうための一つの方便だった。実際、僕の視界はさらに深い世界に開かれている」

「そのような世界にお前がいることなど、今までおくびにも出さなかったな。教えてくれていたらよかったのに、なぜだ」

「常人と異なる感覚を持つということを安易に公言すれば、衆人から疎まれ、ともすれば異常者扱いを受けて一般社会から爪弾きとなるぐらいは、とうに承知していた。だから誰にも言うことができなかった。そして、この秘密を一人で抱えることは、ある意味、失明したままでいるよりも辛い。この新たな視覚を得てからというもの、人や社会を見る目は大きく変わったが、同時に周りに溶け込む努力も怠らなかった。だから、なおさらテニスや勉学に勤しんだ。そのような中、自分は皆の考えが及ばぬ視点から、物事の真相を追求することができないかと考え、榊原教授のいる本大学の哲学科に籍を置くことにしたんだ。哲学を学び、様々な思想の切っ掛けを得たが、特に『生きるとは』との大命題に悩み、深考も重ねてきた。その中で『美』については、しばしば、仲間と深慮を交わし合ったものだ。滝口、君とも論じてみたいが、この誘い受けてくれるよな」

私は、忘れていたワインを一気に飲み干し、覚悟を固めて了承した。

「望むところだ。何でも正直に答えるぞ」

「さて、人は地球上の生き物の一つだ。生物には、共通する特徴が幾つかある。失敬、君のほうが専門だったよな。悪いが続けさせてもらう。〝子孫を残す〟というのもその一つ。さて、人が種の保存と繁栄を図らんとするならば、生殖は優先課題となる。では、男は、女の何を求めるのが有利となり得るだろうか？　今の時代、女側からも考える公平観を配慮すべきであろうが、我々は男同士、男側で考察してみよう。滝口、君には、聞くまでもないだろうが、一般男子へ向けた質問として改めて問う。種の保存のためには、女性に優しさ、温かさといった目には見えぬ内面性を重視し、求めるか、そんな内面を探るような手間暇かけずに、即外面的な美しさを追い求めるのか？　君は、どっちだ」

間髪を入れずに私は答えていた。

「この僕だったら、もちろん見た目、外見で選ぶに決まっている。性的欲求こそ、生殖を支える基本だからね。俺はその欲求に忠実な男だからね」

するると、秋吉もその答えに応じてきた。

「性的欲求を促すものには、匂い、声、味、肌触り等女性の性徴を示す様々な要因があるわけで、男にとっては、受容感覚の、臭覚、聴覚、味覚、触覚に先立って最優先されるのが視覚であろう。僕とて、その本能に抗うことは到底できない。僕も、見てくれを優先する」

はっきり言って、秋吉の答えは意外であった。それは、彼の付き合う女性を見てきて、とても美を求めているようには思えなかったからである。それに、現在の彼女である善江さんは、容姿に課題を残すも明朗快活で優しい人だ。当然、外見より中味を重視するものとばかり思っていた。

「そうか、やっぱりお前も外見か？　美しい女がいいに決まっているよな。ただ、少し不安なことがある。生殖行為に逸《はや》る若い時期であれば、本能に忠実な美人志向でもよいのだろうが、人生は長いし、花の命は短いときている。枯花と成り果て、気位だけがお高く残った女をいつまで愛せるだろうか。人間はそれほど、単純ではないし。生殖一本ではなく、それを含め、幸せ感を有意と捉える奴だって多い。長い目で見た時、人生は単純に、美人志向が有利とは言えない気もする。これが俺の見解だ」

秋吉は、自分の投げ掛けた問いに、私が真剣に答えるのを見て、安心したような表情を示していた。そして、私は、溜まっていた疑問も彼にぶつけてみたのだ。

「俺は、仮にも理科系の人間だ。お前のこれまでの話に、見解を挟ませてくれ。まず、色の認識についてだが、正直、俺も以前から疑問を抱くところだ。人は、果たして同じ色を見ているのだろうかってね。俺が見ている赤とお前が見ている赤が違っていても、それを証明する手立てがない。俺が赤とする色がお前の目には、俺の感覚でいうところの青であったとしても、お前が、その色を幼少より赤と刷り込まれてくれれば、赤と呼ぶ他はない。色の認識なんてものは、個々の見え方がどうであろうと、波長の異なる電磁波とそれに付けられた名称との一対一の関係に過ぎない。そこまではよく分かる。しかし、ここで大きな疑問が生じた。お前は、色も形も以前と異なって見えると言い切った。しかし、顔や体形等の三次元なる形状認識については、色の場合とは違うんじゃないかい？　立体については触れることも可能だし、新たに触覚などの知覚が加われば、誰もが一つのものを同一の形として捉えるしかない客観的認知だと思う。ここに個性の入り込む余地はない」

「なるほど、鋭い指摘だ。立体を持ち出さずとも一つ次元を落として平面図形でも同様な疑問が出てくる。丸は丸であって三角形ではない。なぜなら丸には三つの角も辺もないから、とね……。

そうさな、どうなんだろう、人間という奴は、一人ひとりが皆違うはずなのに、皆同じように見え、同じような感触を覚え、同じような匂いや味がして、同じように聞こえてこなければ、安心できない、異なれば恐怖さえ感ずる生き物なんじゃないか。

君が提示した、物体の形状、あるいは物体の配置や位置の変化、そのような空間認知なるものは、自ら外の世界に働きかけて、その結果をフィードバックすることによって、その存在世界と矛盾しない知覚像を脳内に作り出すことによって得られる。一見、色の認識過程と異なるように思われるが、僕に言わせれば、その過程は、最終的に、個人の脳内で組み立てられた知覚現象には変わりない。結局、すべての人間が、同じように色や形を捉えているという保証はどこにもないんだ。むしろ、個人個人が異なるように皆違っていてもよいと考えるほうが自然なのではないか?」

黙って聞いていると、科学的知識に加え、哲学的知見も豊富な彼のペースに巻き込まれてしまう。私は最後まで彼の話に耳を傾けるしかなかった。

「大病をして、僕の視界は大きく変化してしまった。『感覚器の差異によって生じる見え方の個性』などとのレベルではなく、見え方そのものの仕組みが変わってしまったような気がする。一つ付け加えておくと、今、僕の捉える世界のほうがより真実に近い……」

彼は、大きく深呼吸をして、核心に迫っていった。

「先ほど暴露したように、僕も男だから美人を好む。両性生殖を行うものは、相手方の性徴に惹かれ睦み合う。男であれば、美顔の女性に吸い寄せられるのは、本能の成せる業、自然の成り行きだ。ただ、今の僕には、君たちが絶賛する美人のほとんどが、ひどく醜く見えてしまう。もし君が僕の目を通して、艶麗《えんれい》と絶賛しまくる女人を見たとしたら、その悍《おぞ》ましい姿に腰を抜かすだろう。きっと傍に寄ることすら拒むはずだ。恥ずかしながら、僕は前の彼女に逃げられてしまった。彼女は実に美しかった。やっと出会った今の善江さんも、その美しさったら群を抜いている。彼女は、僕にとって決して失いたくはない大切な存在なんだよ。そして、僕がこれまでに得た知見によれば、本当に美しい娘は、心までも清く美しい。君が心配していた内面性も十分に備わっているんだ」

ところで、私に向ける秋吉の眼差しから熱が消え失せて、数カ月は経っていよう。思えば、それは、自分がモテ始めた時期とピッタリ重なるような気がしていた。

秋吉が「話をする機会を持とう」と言って自宅へ私を招いたのには、深い意味があったに相違ない。

私は、恐る恐る秋吉に迫った。

「お前が俺に近付いたのは？」

「そうさ、君がとっても美しい人だったからさ」

著者紹介
瀧 祐二（たき ゆうじ）
1953年　東京都港区生まれ
1976年　早稲田大学　卒業
　　　　長きにわたって教育に携わる
　　　　著書に『兄弟地蔵』がある

挿絵
清水 文雄（しみず ふみお）
ペンネーム　びぃくら

塵芥仙人《ごみせんにん》

2023年7月28日　第1刷発行

著　者　　瀧祐二
発行人　　久保田貴幸

発行元　　株式会社 幻冬舎メディアコンサルティング
〒151-0051　東京都渋谷区千駄ヶ谷4-9-7
電話　03-5411-6440（編集）

発売元　　株式会社 幻冬舎
〒151-0051　東京都渋谷区千駄ヶ谷4-9-7
電話　03-5411-6222（営業）

印刷・製本　中央精版印刷株式会社
装　丁　　時任泰地

検印廃止

ISBN 978-4-344-94514-2 C0093
幻冬舎メディアコンサルティングＨＰ
https://www.gentosha-mc.com/